LYRIC CLASS NOTE

LYRIC
CLASS
NOTE

당신의 삶이 노래가 될 때

조동희 작사

♬ 수업 노트

♪ 작사의 시대 ♬

1
ST
ALBUM

노래는 우리 모두

가장 쉽게 행복해지는 방법

♩ ♪ ♬

♩ ♪ ♬

가사는 내 이야기를 가장 아름답게
전달할 수 있는 수단입니다.

♩ ♪ ♬

당신의 삶을 작사한다면

어떤 노래가 탄생할까요?

♩ ♪ ♬

INTRO

작사를 시작하는 당신에게

안녕하세요. 바쁘고 실리적인 이 시대에 어쩌면 무용해 보이는 '작사'를 위해 시간과 에너지를 쓰러 와주심에 진심으로 감사드립니다.

작사에 대한 책이라고 하면 곧바로 '작사가 되는 법'에 관한 책을 떠올리셨을 수도 있겠네요. 감사하지만 아마 조금 다른 내용이 될 것 같습니다. 이 책은 작사를 직업적으로 바라보는 책은 아니기 때문입니다. 반대로 아주 쉽고 재밌을 수도 있습니다. 흰 종이 앞에서 무언가 쓰고 싶어지는 사람이라면, 당신은 벌써 작사를 시작할 준비가 된 것이니까요.

어렸을 때, 하고 싶은 이야기에 음을 붙여 흥얼거린 경험, 있나요? 저는 그것이 노래라고 생각합니다. 마음 속의 이야기가 음의 옷을 입고 입 밖으로 나오는 것이죠. 그렇게 생각해보면 우리는 누구나 한 번쯤 작사와 작곡을 해본 사람들이겠군요.

그런데 말이에요, 왜 어른이 된 이후에는 노래방에서 노래를 부르는 것조차 쑥스럽고 어려울까요? 무대는 내 몫이 아닌 것 같다는 생각이 들까요? 잘해야 한다는 강박, 다른 사람이 비웃으면 어쩌지 싶은 괜한 걱정, 내 진짜 마음을 들킬까 두려워 방어하는 마음들 때문은 아닐까요?

저는 수십 년간 가사를 쓰고 싱어송라이터로 노래를 불러왔습니다. 그 노하우를 바탕으로 긴 호흡의 작사 수업도 진행해왔어요. 수업은 2019년 1기를 시작으로, 현재 10기까지 수많은 수강생이 거쳐 갔는데요. 그중 인상 깊었던 한 수강생분의 말이 생각납니다. “선생님의 작사 수업을 받는 동안은 정말 안전하다는 느낌을 받아요. 내가 꼭 누군가가 되어야 할 필요가 없어요.”

작사 수업에서 저는 가르치는 것만큼 가만히 듣는 역할을 맡고 있습니다. 수강생분들의 진심 어린 가사를 비난하거나 중간에 끊지 않지요. 그분들도 그저 자신의 이야기를 풀어낼 뿐입니다. 안전하다는 것은 이런 뜻이었을 것 같아요. 가사 안에서는 어떤 마음을 꺼내고 어떤 모습도 괜찮다는 뜻 말이에요.

작사를 처음 시작하는 당신, 어서 오세요. 꼭 작사뿐만 아니라 글쓰기에 관심이 있는 당신, 나만의 것을 창작하고 싶었던 당신도 환영합니다. 가사를 쓰는 것은 온전한 나를 끄집어내는 작업입니다. 처음엔 힘들겠지만, 작사를 통해 앞으로 자신을 표현하는 것에 조금씩 조금씩 자연스러워지게 될 것입니다. 당신의 이야기 또한 안전하게 꺼낼 수 있도록 제가 함께할게요.

책에는 제 작사 수업의 핵심 커리큘럼은 물론, 작사를 시작하는 분들이 가장 궁금해한 질문에 저만의 답을 정리하여 담았습니다. 작사의 기본이 되는 원칙들과, 작사하는 마음도 함께 들려드릴게요. 마지막으로, 오프라인 수업의 마지막 날에는 수강생분들이 음원에 가사를 붙여 노래를 발표하며 마무리해왔습니다. 책에도 작사를 위한 음원을 준비했으니 이 책을 읽는 시간이 곧 한 곡의 노래를 차근차근 완성하는 시간이 되길 바랍니다.

지금부터 드라마 속 주인공들이 아닌 오로지 나를 위한 노래, 내가 주인공이 되는 노래, 내 인생의 OST를 만들어볼까요?

TRACK LIST

3RD ALBUM.

내 인생의 OST

4TH ALBUM.

작사 원칙 3가지

5TH ALBUM.

세상 하나뿐인 나의 노래 만들어볼까요

NOTICE

미리 말씀드려요

♪♬ 모든 표기는 국립국어원의 규칙을 기본으로 하되, 노래 제목과 가사는 발매되었던 명칭에 따라 표기하였습니다.

♪♬ 일부 업계 용어 또한 국립국어원 표기법에 어긋나더라도 비교적 입말에 가깝게 표기하였습니다.

♪♬ 이 책은 당신과 제가 함께 쓰는 책입니다. 글 끝에 'LYRIC NOTE'가 등장하면 당신의 이야기를 마음껏 적어보세요. 책의 마지막 페이지를 덮을 때는 당신과 제가 공동저자가 될 거예요.

♪♬ 작사에 정답은 없습니다. 다만 작은 힌트가 되었으면 하는 마음으로 제가 쓴 가사들을 수록했으니 참고해도 좋습니다.

♪♬ 가사가 쓰고 싶어질 때 혹은 가사가 써지지 않아 막막할 때, 다시 이 책을 꺼내서 읽어주세요.

♪ 우리의 이야기도 노래가 될 수 있다면 ♬

1ST
ALBUM

누구나 작사를 꼭 해야 하는 것은 아닙니다. 전문 작사가가 되라는 것도 아니에요. 다만 오선지 위의 음들도 각자 다른 소리를 내기에 하모니가 만들어지듯, 세상에는 다양한 삶의 노래가 필요하다고 믿습니다. 우리가 각자의 자리에서 자기만의 이야기로 노래할 때, 세상은 더욱 빛날 거예요.

♩ ♪ ♬

TRACK
01.

가사를 쓰면 무엇이 달라지나요?

일이 뜻대로 되지 않는 날이나 사람에게 상처받아 수고로운 날엔 집에 돌아와 일기를 씁니다. 그 속에 제 마음을 털어놓으며 감정을 정리하기도 하고, 공책에 끄적인 마음을 확인하면서 잠시 위로받기도 하지요. 이렇게 글을 쓰기만 해도 충분할 것 같은데, 왜 저는 당신에게 당신의 이야기를 가사로 써보자고 하는 걸까요. 작사를 하면 무엇이 달라질까요.

작사를 하면 일기에서 한 발짝 더 비집고 들어가, 이리저리 써둔 글 속에서 꼭 필요한 것만 '골라내는' 작업을 하게 됩니다. 노래는 보통 몇 분이면 끝이 나잖아요. 그 짧은 시간 안에 글자 수를 맞추어 넣어야 하니 내가 가진 글의 재료를 전부 사용할 수 없지요. 고민과 선택의 연속 끝에 가장 좋은 것과 가장 필요한 것만 남길 수밖에요. 그러려면 어쩔 수 없이 한 번 더 당신이 가진 이야기와 글 속으로 파고들어야겠지요. 아주 여러 번 정성 들여 고친 작품이 되는 과정입니다.

심지어 그 작품에 음을 붙여 '불러보는' 작업도 들어갑니다. 당신의 목소리로 불러 당신의 귀에 들어가는 것이지요. (글쓰기와 감각 기관이 아예 달라집니다!) 예를 들어볼게요. 글을 쓴 다음 나 혼자만 본다고 생각해보세요. 만약 글이 마음에 들지 않으면 싹 지워버릴 수도 있고, 읽는 도중에 덮어버리면 그만이겠지요. 그러나 노래는 어떤가요. 듣는 이의 귀에 들어가는 순간, 편집이 불가능해집니다. 당신이 쓴 가사지만 당신만의 것이 아니게 되는 거예요. 그래서 작사를 한다는 것은 작은 책임감이 스미는 일임과 동시에 그 시절, 그 공간을 훨씬 선명하게 기록하는 방식이기도 하답니다. 지울 수도 덮어버릴 수도 없는 그 순간의 당신이 가사에 새겨지니까요. 당신의 시대를 풍미한 노래들을 떠올려보세요. 그때의 감정, 날씨, 만난 사람들이 함께 떠오를 거예요. 당신이 쓰게 될 가사도 마찬가지입니다. 시간이 흘러도 그 가사를 부를 때마다 그 시절의 당신을 데려오게 되겠지요. 어때요, 솔깃하지 않나요?

이렇게 가사를 쓰고 부르면서 당신은 조금씩 알게 될 겁니다. 작사는 마음을 여러 번 되뇌어보는 일이자 순간을 품는 일이고 무엇보다 진심을 전달하는 일이라는 것을요.

작사 수업 수강생 중 임상심리사로 일하는 분이 있었습니다. 그는 직업상 타인의 말을 들어주는 시간이 길었지만, 정작 자신의 이야기는 들어주지 못하고 있었어요. 작사를 처음 시작하는 그는 이번 기회에 본인의 내면에 무슨 말이 가득한지 잘 들어주고 싶다고 했습니다. 그렇게 해서 쓴 곡은 <내면 아이>라는 제목의 곡이었어요. 내 마음은 무슨 모양이고 어떤 색인지 이제라도 아이처럼 그려보고 싶다는 내용의 가사였지요.

또 다른 수강생의 직업은 방송국 PD였습니다. 매일 바쁘게 마감하는 인생을 살다 보니 점점 감성이 메말라간다고 고백하던 기억이 나네요. 그 또한 직업상의 고충이 있었습니다. "요즘 저는 '제가 뭘요'라는 말을 달고 살아요." 후배들이 진행하는 프로그램에 대해서는 칭찬을 아끼지 않는데 정작 스스로에게는 인색하고 모질어진다는 것이었어요. 어느새 사람들 앞에 나서는 게 두려워진 거예요. 작사를 시작하면서 어쩌다 "제가 뭘요"라는 말이

입버릇이 되었는가에 대해 써보겠다던 그는, 수업 마지막 날 작은 물고기에 자신을 비유한 곡을 발표했습니다. 첫 소절은 이러했어요. “안녕, 난 잿빛 물고기.” 지금은 어두운 모래 속 겁 많은 꼬리를 가진 작은 물고기지만 이제 파도를 헤치고 넓은 바다로 나아가겠다는 마음을 노래하고 있었지요. 그리고 정말 노래 가사처럼 수업이 진행될수록 그의 얼굴에 자신감이 깃드는 게 보였습니다. 그렇게 잿빛 물고기도 점점 색을 찾게 되겠죠.

솔직한 내 모습을 보여주는 것은 어렵고 아플 거예요. 미운 나, 싫은 나도 마주하게 될 테니까요. 그렇지만 이내 그것은 나를 사랑할 방법을 찾는 시작점이 됩니다. 마음은 감춰두었을 때 크게 부풀려집니다. 그러니 확인해 보자고요. 앞서 언급한 두 사람 또한 처음엔 가사로 나의 이야기를 풀어내는 게 부끄럽고 창피하다고 했지만 웬걸요. 마지막 수업 날이 되어서는 “써놓고 보니 별일 아니었네요”, “내가 왜 그렇게까지 힘들어했을까요?”라는 말씀을 하셨답니다. 두 사람은 작사가 지망생도 음악계 종사자도 아니었지만 그런 건 전혀 상관없었어요. 자신을 잘 알고 사랑하고 싶은 욕망은 우리 모두에게 있으니까요. 당신에게도 있는 그것. 그것을 꺼내기만 하면 됩니다.

오랫동안 작사 일을 해온 저와 저의 동료들도 마찬가지입니다. 서로 다 안다고 자부했던 사이에도 여전히 가사 속에서 몰랐던 상대를 발견하곤 합니다. 제가 쓴 가사 속에서 생경한 제 자신을 볼 때도 많고요. 작사를 할 때마다 스스로를 새롭게 알아가는 기분이지요. 어쩌면 작사란 자기의 틀을 한 번 깨는 일이 될 수도 있겠네요. 분명한 건, 가사를 쓰고 당신만의 노래를 부르다 보면 당신을 조금씩 더 마음에 들어하게 될 거예요.

이쯤에서 잠시 저의 이야기를 들려드리겠습니다. 살면서 믿었던 사람들과 사랑을 잃는 시기가 오기도 하지요. 저도 그런 시기를 거친 적이 있습니다. 그 시기에는 넘치는 울음으로, 내려앉은 가슴으로 썼던 곡들이 빼곡한데요. 몹시 슬퍼하고 있던 때, 친구가 해준 말이 있어요. "동희야, 아무리 큰 슬픔도 2주가 지나면 괜찮아진대." 사실인지는 모르겠으나, 그 말은 마치 플라시보 효과처럼 작용했습니다. 분명 못 견딜 것 같이 괴로웠는데, 절대 잊을 수 없는 일이라 생각했는데, 정말 2주가 지나니 신기하게도 조금씩 괜찮아지는 것 같더라고요. <유리강>은 그때 만든 노래입니다. 강물이 흐르는 것처럼 우리를 둘러싼 시간도 쉼 없이 흘러가잖아요. 하지만 우리 마음의 강은 유리처럼 투명해서 그 환한 수면 아래에는 못생긴 마음도,

스쳐간 사람들도, 수많은 상처들도 그대로 보이는 게 아닌가 생각하며 썼습니다. 그렇지만 친구의 말처럼 아무리 큰 슬픔도 언젠가 잊혀진 채 모두 수면 아래 남겨두고 저는 또 흘러가겠지요.

작사를 하면서 슬픔이 아물어갔습니다. 스스로를 치유하는 방법으로 저는 가사를 써 내려갔던 거예요. 우리는 살아가며 들어줄 사람을 찾아 헤맵니다. 그러나 내 이야기를 가장 잘 들어줄 사람은 나 자신. 작사는 내가 나를 들어주는 시간입니다.

노래는 부르면 부를수록 힘이 세진다고들 해요. 당신이 쓴 가사를 계속해서 부르다 보면, 당신 마음도 단단해지는 걸 느낄 수 있을 거예요. 가사를 쓰기로 마음먹어보세요. 당신을 슬프게 한 것들과 당신을 기쁘게 한 것들을 적어보는 거예요. 골라내고 불러보고 마주하고 들어주는 이 모든 작사의 작업이 당신에게도 치유를 선사하리라 믿습니다.

흘러간다 푸르른 시간이

못생긴 내 맘 담고 또 흘러

스쳐간다 수많은 사람이

호기심 또는 진심으로 스미다

나는 외로이 떠도는 배

시간의 물결을 가르네

다정히 안아주던 너

투명한 수면 아래 잠겼네

흘러가는 강물이

내게 비밀처럼 속삭이는 말

우리 모든 슬픔은

어쩜 길어봐야 2주뿐이래

어떻게든 시간은 가고

내 가슴은 굳어져

이제 같은 상처엔

다시 아프지 않을 거야

지나간다 뜨거운 마음이
얇은 구름이 되어 흩어져 가
나는 외로이 떠도는 배
어둠의 물결을 가르네
다정히 안아주던 너
투명한 수면 아래 잠겼네
흘러가는 강물이
내게 비밀처럼 속삭이는 말
우리 모든 슬픔은
어쩜 길어봐야 2주뿐이래
어떻게든 시간은 가고
내 가슴은 굳어져
이제 같은 상처엔
다시 아프지 않을 거야

유리강 속의 너
유리강 속의 나

〈유리강〉

노래. 조동희

작사. 조동희

TRACK
02.

저도 작사를 할 수 있을까요?

방송에서 가수들의 무대를 보다가 감동을 받을 때가 있습니다. 그중에서도 저는 가수가 꼭 자신의 이야기를 노래하는 것 같을 때, 정말 하고 싶은 말을 하고 있는 것 같을 때 자주 그래요. 화려하지 않아도 진솔한 목소리에 반응하고 말죠.

가사를 우리말로 하면 '노랫말'입니다. 글자 그대로 가사는 읽기 위해 존재하지 않아요, 말하기 위해 존재합니다. 우리의 이야기를 이어주는 매개체지요. 저 또한 저의 이야기를 세상에 건넨다는 마음으로 오래도록 곡을 쓰고 가사를 붙여왔습니다. 제가 만든 노래를 들어준 분들은 제가 건넨 마음을 받아준 것이라 생각하면서요.

작사 수업으로 저를 만나면 "저도 작사를 할 수 있을까요?" 물어보는 분들이 굉장히 많습니다. '저도'라는 말 속에는 '저 같은 사람도', '저 같은 일반인도', '저 같은 비전문가도' 등등의 말이 생략되어 있는 것 같습니다. 만약 당신도 그렇게 느낀다면 한마디로 "네, 물론이죠."라고 대답하고 싶어요. 왜냐하면 당신은 누군가의 이야기를 들어왔고, 누군가에게 당신의 이야기를 들려주던 사람일 테니까요. 그것만으로도 기본 소양은 충분합니다.

언젠가 제 수업에 우리 동네 아이스크림 가게 사장님이 참여하신 적이 있어요. 그분도 스스로 뜻밖이라고 생각했는지, 본인의 감수성이 '0'인데 작사를 할 수 있을지 걱정이 된다고 하시더라고요. 마침 그때가 봄이라 '시작'에 대해 써보자고 제안 드렸습니다. 어느 봄날 시작된 것에 대해서 써보자고요. 감수성이 전혀 없다던 아이스크림 가게 사장님은 망설이는 듯하다 어느 틈에 국민학교 입학식이 열렸던 3월의 어린 시절로 거슬러 올라갔습니다. 한번 이야기를 꺼내고 나니 옛 기억이 장면 장면으로 떠오른다 했죠. 그날 입학식에서 담임 선생님이 입었던 옷의 무늬까지 생생하게 기억해 가사로 풀어내었어요. 그렇게 그의 이야기와 가사도 '시작'되었습니다.

시작 이야기를 하다 보니 제가 처음 가사를 쓰던 때도 생각납니다. 스무 살 시절, 제가 몸담고 있던 레이블 '하나음악'에서 낸 첫 번째 노래는 <너는 자꾸>라는 노래였습니다. 당시 저는 허무주의에 빠져 있던 스무 살이었고, 젊은 혈기답게 반항심과 시니컬함이 물씬 풍기는 노래 가사를 쓰곤 했습니다. (무려, 록 음악이었습니다.)

"너는 자꾸 늦었다고만 말하지 / 나는 뭐든 시작할 수 있는데 / 너는 자꾸 비웃으려고만 하지 / 나는 아직 꿈을 꾸고 싶은데"

"너는 자꾸~"와 "나는 ~는데"가 반복해서 나오며 방황하던 시절의 감성을 가사로 채웠어요. 두 번째로 발매한 노래는 <잠수함>이라는 노래였습니다.

"굳게 닫힌 창문 아래 / 멈춰버린 시계 속에 / 이 방 안을 둘러봐봐 / 나는 여기 갇혀 있어" 로 시작하는 이 곡도 마찬가지로 스무 살 언저리의 열정과 게으름, 현실과 이상의 괴리, 넘치는 감정과 상처들… 그 모든 것들을 어찌 해결해야 할지 방법을 몰라 혼자 방에서 노래하던 시절, 그 작은 방 안이 마치 '잠수함'처럼 느껴져 쓰기 시작한 가사예요. (네, 이 또한 록이었습니다.)

예전에 제가 처음 가사를 쓰기 시작할 때를 떠올려보면 보컬 스타일도 지금과 많이 다르고 가사 속에 담긴 제 생각도 지금과 다른 부분이 많습니다. 그 시절의 나는 이런 이야기가 하고 싶었구나, 참 열정이 가득했구나, 생각해요.

다시 "저도 작사를 할 수 있을까요?"로 돌아와 이야기를 해보겠습니다. 여전히 제 대답은 여전히 "물론이죠"입니다. 작사를 처음 시작하던 날의 저는 분명 서투르긴 했지만 지금보다 훨씬 틀에 얽매이지 않고 저만의 이야기를 펼쳤던 것 같습니다. 가사 속에 하고 싶었던 말을 고스란히 담았기 때문이죠. 지금 다시 스무 살의 제가 썼던 노래를 들으라 하면, 저는 너무나 민망해서 몸을 작게 웅크리고 맙니다. 그렇지만, 꼭 필요한 시절이었고 꼭 필요한 가사였어요.

그렇기에 사실 작사를 시작하려는 당신이 부럽기도 해요. 당신은 굉장히 넓어질 수 있고, 쏟아낼 것이 있고, 자유롭게 쓸 수 있으니까요. 그대로 몽땅 곡으로 담아내려면 다듬는 과정을 거쳐야 하겠지만 나중에는 하지 못할 지금만의 이야기와 신선함이라는 보물을 가진 셈입니다.

전문가가 아니라는 이유로 주의해야 할 것은 한 가지, 두려움을 없애는 것입니다. 자신을 믿으세요. 작사 수업 첫날, 아주 작은 글씨로 가사를 쓰던 수강생이 있었습니다. 문서 프로그램으로 치면 6포인트 정도 크기의 깨알 같은 글씨로 기억해요. 그의 심리를 추측해보자면 혹시 누가 내 가사를 볼까 봐, 가사에 쓰인 마음을 들킬까 봐 두려웠기 때문일 겁니다. 저는 그에게 이런 식으로 써라, 저런 식으로 써라, 가사 내용을 조언하지는 않았어요. 대신 그냥 크게만 써달라고 부탁했습니다. "종이 한 장에 한 글자만 써도 돼요, 크게 막 써요!" 아무도 못 보게, 아무도 모르게 쓰려 하는 마음도 이해하지만, 그렇기 때문에 응원하고 믿음을 주는 것이 더욱 중요했지요. 그 뒤로 그는 수업에 올 때마다 점차 큰 글씨로 가사를 쓰기 시작했고, 자신의 이야기를 손으로 가리지 않고 표현하기 시작했습니다. 지금 그 수강생은 뭘 하고 있는지 아시나요? 음악 치료 대학원에 진학하여 음악의 길을 뚜벅뚜벅 걷고 있답니다. 내 이야기를 가사로 쓰려면 나 자신을 믿고 극복해야 해요. 두려움을 극복하는 방법은 계속 써보는 것입니다. 큰 글씨로 쓰고 또 써보세요. 그건 자신밖에 못 하는 거니까요.

당신의 이야기는 충분히 가사가 될 수 있습니다. 앞서 말씀드린 <잠수함>이라는 곡은 스무 살의 방황을 쓴 곡이지만, 마지막 가사는 이렇게 끝이 납니다.

> "답답해하지 마 / 불안해하지 마 / 여기서 끝나면 또다시 / 또다시 시작해"

혼자 방 안에서 잠자고 노래하던 스무 살의 저는 그러고 보면 갇혀 있기도 했지만 기운을 차리는 중이기도 했습니다. 당신도 언제든 시작할 수 있습니다. 불안해하지 마세요. 스스로를 검열하지 않고 자유롭게 이야기를 털어놓아 보세요. 우리, 가수가 된 것처럼 노래해요.

너는 자꾸 날 틀렸다고 말하지

처음부터 모두 틀린 건 아닐 텐데

너는 자꾸 내 잘못이라 말하지

처음부터 모두 잘못된 건 아닐 텐데

너는 자꾸 힘들다고만 말하지

나도 많이 지쳐가고 있는데

너는 자꾸 날 가두려고만 하지

나는 멀리 날아가고 싶은데

너는 자꾸 늦었다고만 말하지

나는 뭐든 시작할 수 있는데

너는 자꾸 비웃으려고만 하지

나는 아직 꿈을 꾸고 싶은데

<너는 자꾸>

노래. 조동희

작사. 조동희

굳게 닫힌 창문 아래
멈춰버린 시계 속에
이 방 안을 둘러봐봐
나는 여기 갇혀 있어
난 아무런 생각도 없이
또 하루를 놓친 거야

잠이 들면 그만
꿈속으로 떠나
보고 싶은 너를 만나서
사랑을 나눌래

답답해하지 마
불안해하지 마
여기서 끝나면 또다시
또다시 시작해

<잠수함>
노래. 조동희
작사. 조동희

TRACK
03.

가사를 쓸 땐 어떻게 시작하나요?

자, 이제 당신도 가사를 써봅시다. 빈 종이를 준비해 써보세요.

이런, 너무 급작스러웠나요. 어떤 형식과 내용으로 쓸 건지 정하지도 않고 돌연 가사를 써보라니, 느닷없었을 거예요. 제가 만약 첫 수업부터 "그냥 혼자 써보세요~" 했는데 수강생들이 모두 척척 가사를 썼다면, 아무도 제 수업을 끝까지 듣지 않았을 겁니다. 그럴 필요도 없겠지요.

그렇다면 이번엔 제가 이런 주제를 드려볼게요. "사랑이란 뭘까요?" 사랑에 대해 한번 작사해보세요.

어때요, 여전히 빈 종이만 쳐다보게 되지는 않나요? 수업 때 이렇게 주제를 정하고 써보라고 하면 수강생분들도 처음엔 멈칫멈칫, 나아가기를 주저하시더라고요. 바로 작사에 돌입하는 분은 많지 않았고요. 사랑에도 형태가 다양한데 도대체 무슨 사랑 이야기를 써야 하는 건지 막연할 테죠. 그래서 저는 이렇게 말씀드리기 시작했습니다.

"편지를 써보세요."

신기하게도, 가사가 아니라 편지를 써보자고 하면 그때부터는 모두 수월하게 써 내려가더라고요. 그 내용이 진솔하고 편안해짐은 물론, 훨씬 구체적이어서 듣는 이들도 이해하기 쉽고요. 편지를 받는 이는 누구든 좋습니다. 저기 뜬 달에게 써보자, 우리집 강아지에게 써보자, 뭐든 좋아요. 확실하기만 하면 됩니다.

편지 같은 노래, 하면 생각나는 노래가 있습니다. 바로 벤 폴즈Ben Folds가 부른 <Still Fighting It>이라는 노래인데요. 가사를 잠시 설명해볼게요. 이 곡은 아버지가 아들에게 건네는 말들로 이루어진 노래예요. 우리가 평상시 쓰는 너무나 일상적인 말들로 첫 소절을 시작합니다.

굿 모닝 인사와 함께, 아들에게 감자튀김을 먹을 건지 묻죠. 햄버거 가격이 싸서 기쁜지 9.95달러밖에 안 한다는 소식도 가사에 들어 있네요. 이렇게 조금은 웃기고 또 포근한 가사가 나온 다음 후렴에 들어서서 정말 아들에게 하고 싶었던 말을 꺼냅니다. 지금보다 많은 시간이 흘러 아들과 마주 앉아 맥주를 마실 날이 오면 해주려던 말, 어른들은 하루하루를 견뎌내면서 싸우고 있으며 앞으로 그 과정을 전부 겪게 될 아들을 응원한다는 말들요.

이 노래를 들을 때면 꼭 아들에게 보내는 아버지의 편지가 아닐까 생각합니다. 왜, 편지도 처음에는 날씨나 안부 인사 같은 가벼운 것으로 시작하잖아요. 아들에게 힘이 되는 말을 해주고 싶은데 조금 머쓱한지 이런저런 일상과 생활이 담긴 이야기부터 꺼내보는 아버지의 얼굴이 그려지기도 하고요. 하지만 그렇기 때문에 후렴에서 아들에게 진짜 들려주고 싶었던 메시지가 더욱 감동적으로 확 터지는 게 아닐까 싶습니다. 우리가 쓰는 편지도 보통 마지막쯤 가면 진심을 보이며 마무리하지 않나요.

"다시 한번 생일 축하해", "보고 싶어", "사랑을 담아서, OO이가"같이 정말 하고 싶었던 말들로요.

자작곡인 경우에는 각자 자신의 경험을 담아서 편지를 써보아도 되겠지만 만약 전문 작사가로 일하게 되면 다른 사람의 곡을 의뢰받기도 합니다. 그렇지만 저 같은 경우, 그때도 시작이 그렇게 다르지는 않아요.

우선 작곡가에게 어떤 감정으로 곡을 쓰셨는지, 가수가 어떻게 불렀으면 좋겠는지, 꼭 물어봅니다. 제 해석을 들려드리기도 하고요. 또 이 곡을 부를 가수와도 많은 대화를 나누는 편이에요. 함께 작업하는 사람들과 서로 이 감정이 맞는지 이 내용이 맞는지 소통할수록 더욱 좋은 결과가 나온다고 믿습니다. 이렇게 곡의 멜로디를 만든 사람과 부를 사람을 이해하고 그들에게 이입하며 대중에게 어떤 메시지를 전하고자 하는지 편지를 쓰듯, 정리해나가요.

가수 이효리와 <오늘부터 행복한 나>라는 곡을 함께 작업한 적 있습니다. 그때 녹음실에서 제가 한 가지 부탁을 드렸어요. 듣는 이가 주변의 친한 동생이라고 생각하고 '효리 언니'가 속삭여주는 느낌으로 불러줄 수 있냐는 부탁이었습니다. 이 노래는 시기상 여름에 발매될 예정이었는데요. 그때 사람들은 이효리로부터 무슨 이야기를 듣고 싶을까, 어떤 메시지를 받고 싶을까, 고심했습니다. 여름이면 사람들은 쉼을 찾아서 어디론가 떠나곤 하는데 그때 차 안이나 바닷가에서 들려오는 노래, 그때 내 귓가에 맴도는 이효리의 한마디는 무엇일까 하고요. 그렇게 이효리가 대중에게 보내는 편지라고 생각하니 가사의 내용이 명확해졌습니다. 작고 사소한 것에도 기쁨을 많이 발견할 수 있으면 좋겠다는 마음이 주제가 되었죠. 그렇게 탄생한 가사가 "작은 꽃 하나에 / 우주를 보듯 행복한 나"라는 후렴 가사입니다. 많은 사람, 그만큼 많은 오해… 그 사이에서도 행복한 나를 잃지 말라는, 효리 언니의 편지인 셈이지요.

궁극적으로는 가사로 쓴 편지가 나에게 보내는 편지여도 좋겠습니다. 부르는 사람 스스로가 위안이 될 수 있도록 말이에요. 사실 위에서 언급한 노래 또한 이효리가 누군가에게 보내는 편지이기도 하지만, 부르는 동안에는 본인에게 건네는 편지가 되길 소망했습니다. 이효리는 무대 조명이라는 밝은 빛 너머 제주도로 떠났고, 그 속에는 또 어디론가 떠나고 싶은 마음, 너무나 큰 사람이지만 때로는 조용히 작아지고 싶은 순간도 들어 있었을 것이라 짐작했어요. 이 직종은 지칠 일이 참 많은데 그럼에도 불구하고 계속해서 힘을 내주는 멋진 사람인 그가 꼭 이 가사를 소화해줬으면 했고요.

가사를 쓰려고 책상 앞에 앉았는데 빈 종이에서 더는 진도가 나가지 않아 곤란하다면 편지를 쓴다고 생각해보세요. 편지를 받을 대상에게 마음을 쏟는 것. 고르고 고른 말들만 담으려 애쓰는 것. 당신의 말투로 담담하게 건네는 것. 이 모든 것이 작사가 됩니다. 정작 이 노래를 듣고 있을 사람은 본인을 위한 편지인지 모를 거예요. 그렇지만 쓰는 사람은 알죠. 편지를 보내고픈 얼굴을 떠올리다 보면 할 말이 많아질지도 모릅니다. 아니, 정말 정말 많을 거예요.

달빛 내리는 밤

난 또 얘기하지

떠나고만 싶어

밝은 빛 너머 어딘가로

지친 사람의 숲

엉킨 오해들로

머뭇머뭇대던 여기를 떠나

내 안의 나를 만날래

하룰 산다 해도

세상 끝인 듯이

작은 꽃 하나에

우주를 보듯 행복한 나

<오늘부터 행복한 나>

노래. 이효리 / 정세운

작사. 조동희

작사를 시작하는 당신, 짧은 편지를 써보세요. 시작은 담백한 말로, 끝은 진심 어린 말로요. 후에 만들게 될 나의 노래에 그 담백함은 첫 소절이 되고 진심은 후렴이 될지도 몰라요.

에게,

가.

TRACK
04.

어떤 가사가 좋은 가사인가요?

작사 수업을 할 때 가사에 좋고 나쁨이 있느냐는 질문을 간혹 받고는 합니다. "어떤 가사가 좋은 가사인가요?", "이 가사는 왜 별로인가요?" 그러면 저는 아주 잠시 고민에 빠지곤 합니다. 분명 좋은 가사와 나쁜 가사가 있는 것 같은데 무어라 설명하기는 어렵단 말이죠.

어떤 가사가 좋은 가사인지 말씀드리려고 생각해보니, '좋은 가사'보다는 '좋아하는 가사'가 먼저 떠오릅니다. 듣는 순간, 어쩌면 우리는 바로 알고 있을 거예요. 어떤 가사들은 그래요. 내가 쓴 가사였으면 좋겠다 싶은 마음이 들 정도로 질투가 날만큼 제 마음을 사로잡습니다.

저는 가수 아이유가 쓴 가사를 참 좋아합니다. 아이유의 가사를 들을 때면 생소한 단어가 귀에 걸릴 때가 있어요. '조각잠', '뼈 틈', '사랑히', '세로질러'같이 처음 듣는 것 같은 표현들이 자연스럽게 사용되기도 하죠. 처음 듣는 게 당연합니다. 왜냐하면 전부 아이유가 새롭게 만들어낸 자기만의 단어거든요. 그런데 여기서 핵심은 '새로움'이 아니라 '자연스러움'에 있습니다. 어떤 자리에 어떤 단어가 있어야 하는지, 무엇이 정확하게 아름다운지 알고 있는 작사가는, 필요하다면 가장 좋은 표현을 위해 새로운 단어를 만들어낼 수도 있는 것이죠. 정확하게 쓰인 표현은 자연스러울 수밖에 없고요. (기억해주세요! 틀린 말을 쓰자는 게 아니라, '시적 허용'이 가능하다는 거예요.)

또 좋아하는 가사는 잔나비의 것입니다. 가사를 먼저 보여드릴게요.

"나는 읽기 쉬운 마음이야
당신도 스윽 훑고 가셔요
달랠 길 없는 외로운 마음 있지
머물다 가셔요"

<주저하는 연인들을 위해>

"비틀거리던 내 발걸음도
그늘 아래 드리운 내 눈빛도
아름답게 피어나길"

<뜨거운 여름밤은 가고 남은 건 볼품없지만>

"창을 열고 세상 모든 슬픔들에게
손짓을 하던 밤
노래가 되고 시가 될 수 있을 만큼
그만큼만 내게 오길"

<나의 기쁨 나의 노래>

노래. 잔나비

작사. 잔나비 최정훈

잔나비 하면 특유의 길고 유려한 문장형 제목들이 먼저 떠오릅니다. 가사는 또 어떤가요. '~하겠소', '~하셔요'처럼 요즘은 잘 쓰지 않는 예스러우면서 배려가 느껴지는 표현이 자주 쓰이는 잔나비 최정훈의 가사는 소설의 한 대목 같기도, 옛사람들의 연애편지 같기도 합니다. 이처럼 향수를 불러일으키는 감성이 많은 사랑을 받으며 문학적인 음악의 대중화를 이끌어내었다고 생각합니다. 잔나비의 노래는 듣는 것도 좋지만 꼭 직접 불러보세요. 노래의 말들이 내 입을 타고 늙지 않는 청춘의 목소리가 되어 "시가 될 수 있을 만큼만" 당신에게 도착할 거예요.

어떤 가사를 좋아하게 되는 이유는 저마다 조금씩 다르지만 공통점도 있습니다. 바로 배우고 싶은 마음을 먹게 한다는 거예요. 작사가로 일한 지 수십 년이 지났지만 저는 지금도 여전히 이 일이 설레고, 또 어렵습니다. 그런데 좋은 가사를 만나면 이 마음이 증폭되고 맙니다. 심장이 쿵쿵 뛰고, 뭐라도 쓰고 싶고, 어떻게 쓰인 가사인지 알고 싶어요. 저 가사의 어떤 점이 마음에 드는지, 내 가사와 무엇이 다른지, 수험생이 오답 노트를 적듯 써보기도 해요. 작사 공부를 계속해나가는 셈이죠. (아이유와 잔나비의 가사는, 그 곡을 부를 가수가 직접 쓴 가사라서 표현이 더욱 절묘하고 와닿는 건 아닐까 생각해봤어요.)

또다시 어떤 가사가 좋은 가사인지 생각해봅니다. 이번에는 '좋은 가사'보다 '나쁜 가사'가 먼저 떠오릅니다. 저의 경우, 쓰려고 하는 가사보다 이것은 쓰지 말아야지, 하는 가사들이 더 많은 편이에요. 이미 쓴 가사를 수정할 때도 마찬가지인데요. 가장 우선시하는 기준은 '계몽적이지 않을 것'입니다. "내 말이 맞아! 이렇게 해야 해!"라고 단정짓는 가사를 혹여 쓰지는 않았는지 끝까지 확인합니다. 아침에는 일찍 일어나야 해, 밤에는 일찍 자야 해, 당연해 보이는 가사도 쓰지 않아요. 제 시선과 생각만이 진실이라 생각하지 않기 때문입니다. 그래서 당신도 만약 가사를 쓸 때 '해야 해'라고 표현한 부분이 있다면, 과연 그렇게 말했을 때 누군가에게 억압적으로 느껴지진 않을지 떠올려보면서 다른 방식으로 고쳐볼 것을 권유하고 싶습니다.

뿐만 아니라 너무 반복되는 부분이 많은 가사도 선호하지 않습니다. 이렇게 말씀드리면 누군가는 "그럼 후크 송♬도 나쁜 건가요?"라고 물어볼 수도 있겠네요. 물론 그렇지 않아요. 애초에 노래라는 것은 반복과 변형으로 이루어진 것이고, 후크 송은 그 반복과 변형의 묘미가 가장 드러나는 곡의 스타일인 걸요. 여기서 제가 말하

후크 송: '후크(Hook)'는 영어로 갈고리를 뜻합니다. 노래에서 갈고리처럼 확 낚아채는 강렬한 파트를 후크라고 하는데요. 곡 자체가 인상적일 때는 칭찬의 의미로 "후크를 잘 잡았다", "후크가 있다"고 표현하기도 해요. 그리고 모든 구간이 강렬한 후크로만 이루어진 노래를 '후크 송'이라고 부르죠. 아이돌이나 댄스 가수의 노래 중 후크 송이 많은 이유는 춤을 추면서 부르는 노래에는 리듬감 넘치고 중독성 있는 후크 송이 제격이기 때문입니다. 후크 송은 때론 가사의 의미보다 말맛이 더 중요합니다. 의미가 없다고 나쁜 가사라거나 장르의 우열이 있는 것은 아니에요. 후크 송의 목적은 사람들의 머리에 계속 맴도는 노래가 되는 것이고, 그것에 성공했다면 된 것 아닐까요.

는 '선호하지 않는 반복'이란, 빼도 말이 되는데 굳이 필요한가 의문이 드는 반복을 뜻해요. 요컨대 '나는, 너는, 우리는' 같은 주어 반복은 의도가 아니라면 최소화합니다. 중복되는 표현 또한 철저히 확인합니다. 1절에서 쓴 표현을 2절에 그대로 사용하는 것은 지양해요. 지나친 형용사와 부사 사용도, 과하게 짜맞춘 것 같은 어미의 반복도 수정합니다.

'때우다'라는 동사가 있습니다. 우리는 귀찮을 때 끼니를 대충 때우고, 급할 때 몸으로 때우고, 심심할 때 시간을 때우죠. 그리고 나쁜 가사는 노래의 자리를 때웁니다. 그 자리에 다른 표현을 쓸 수 있었을 텐데 귀찮고 급하니 대충 아무 가사로 때워버리는 거죠. 이렇게 쓴 가사는 지루하고 집중이 되지 않습니다. 내가 쓴 표현을 대체할 것이 없겠다 할 때까지 고민하고 수정을 거치려고 해요.

정리하다 보니, 저에게 좋은 가사란 최대한 음절을 아끼고 소중히 사용한 가사, 그 자리에 있어야 할 가사, 배우고 싶은 가사인 것 같습니다. 이런 가사는 아주 멀리 가요. 귀나 입까지만 가서 멈추지 않고, 가슴까지 가죠. 듣고 부르고를 거쳐 마침내 머리를 막 움켜쥐게 되는, 숨이 후두두 뱉어지는, 그런 가사요.

저 또한 앞으로 하루하루를 공부하는 마음으로 멀리 가는 가사를 쓰고 싶습니다. 그러려면 이제는 제가 물어야겠네요. 당신은 어떤 가사를 좋아하나요? 어떤 가사는 쓰지 않고 싶나요? 저에게 알려주세요. 당신도 당신의 가슴까지 가는, 좋아하는 가사들에 대한 기억을 끄집어내보세요. 싫어하는 가사의 이유도 찾아보세요. 그리고 그것을 교재 삼아 배우는 마음으로 가사를 써보자고요. 무엇이 좋은 가사인지, 자기만의 답을 내릴 수 있을 거예요.

상쾌한 찬 공기가 나를 깨우는 아침
졸린 눈으로 걷던 등굣길
하얗게 꽃이 피는 골목길을 지나며
내 귀에 들려오던 노래
교실 구석엔 소곤소곤
서로의 맘 나누던 노래들
친구 귀에 하나, 내 귀에 하나
가슴 답답할 땐 장롱 속에
나는 얼굴을 묻은 채 노래했네
항상 라디오에서만 듣던 노래
내 맘 달래주었던 너 라 라 라디오

<라디오>

노래. 조동희

작사. 조동희

어린 시절, 저는 라디오에서 들려오는 노래를 흥얼거리며 가사의 어렴풋한 뉘앙스를 느꼈고, 노트에 자주 따라 썼습니다. 그 작은 순간들이 작사의 발단이 아니었을까요. 좋아하는 가사를 많이 듣고 많이 따라 써보시길 바랍니다. 아래 질문에 답을 써 내려가볼까요.

1. 좋아하는 가사가 있나요?

2. 그 가사를 좋아하는 이유는 무엇인가요?

3. 쓰지 않기로 한 가사도 가만히 생각해보세요.

4. 왜 그런 다짐을 했는지 궁금해요.

5. 힘이 되어준 가사가 있나요?

6. 어떤 상황에서 어떤 위로를 받았나요.

7. 그것과 별개로, 자주 부르는 노래 가사는 무엇인가요?

8. 당신이 1~7에서 얘기해준 답은 시간이 흐르면서

계속 변할 수도 있어요. 자주 묻고 필사해보세요.

TRACK
05.

작사가가 되려면 어떻게 해야 하나요?

어떤가요. 조금씩 작사에 흥미가 생기기 시작했나요. 어쩌면 당신이 작사가가 된 모습을 그려보기도 했나요. 그런 상상은 중요합니다. 나만의 노래 만들기로 시작했는데 그 끝은 모두가 아는 노래 만들기가 될 수도 있으니까요. 당신은 정말 작사가가 될지도 모릅니다.

인터넷에 제 이름을 검색하면 다양한 직업이 함께 뜹니다. 기타리스트, 음악감독, 프로듀서, 출판 작가, 레이블 대표… 이 중에서 제가 직업으로 생각하는 한 줄은 '싱어송라이터'입니다. 작사와 작곡을 하는 뮤지션이죠. 왜냐하면, 그게 제 진짜 무기이기 때문입니다. 내가 잘할 수 있는 무수한 것들 사이에서 남들과 차별되게 가장 잘할 수 있는 것. 나를 지키는 무기. 저에게 그것은 음악을 만드는 일이었습니다.

예전에는 작사가의 중요성이 크게 부각되지 않았기에 글 좀 쓴다는 사람을 알음알음 섭외해 가사를 부탁하는 방식이 흔했습니다. 요즘은 달라진 것 같아요. 전문 작사가를 필요로 하고, 되는 방법도 전에 비해 체계화되었지요. 문학 공모전 중에 작사 부문을 뽑는 곳도 있고, 대형 엔터테인먼트의 경우 따로 작사 오디션을 열기도 합니다. 작사가들이 모여 있는 소속사를 찾거나 작사가 지망생들을 위한 작사 학원♬에 등록하는 것도 방법이에요. 이런 정보들은 아마 작사가가 되려는 분들이라면 저보다 더 많이 알고 있을 거라고 생각합니다. 그래서 저는 조금 다른 이야기를 해볼까 해요.

작사 학원: 작사 학원에 등록하면 가수들이 녹음하기 직전의 샘플 곡(데모 곡)을 꾸준히 받아볼 수 있다고 들었습니다. 데모 곡을 듣고 작사 시안을 제출한 다음 내 시안이 채택될 경우 작사가로 데뷔할 수 있는 것이지요. 만약 작사 학원을 알아보고 싶다면, 각 학원의 강사진과 커리큘럼, 포트폴리오를 신중히 확인하세요. 나와 잘 맞는 작사 학원을 찾는 팁을 하나 알려드릴게요. 학원 출신 작사가는 갈수록 점점 늘어나고 있으니 현재 음원 차트에 올라와 있는 최신곡 위주로 작사 정보를 검색해보세요. 그리고 작사가 이름 뒤에 괄호가 있는지 살펴보세요. 대부분 괄호 안에 그 작사가가 다닌 학원의 이름을 함께 써두거든요. 마음에 드는 작사가는 어떤 학원 출신인지, 음원 차트 순위에서 어떤 학원의 비중이 높은지 보면 도움이 될 거예요.

처음 이 직업을 시작했을 때부터 아주 오랫동안 '과연 내가 작사가로 돈을 벌 수 있을까', '돈이 안 된다면 나는 작사가가 아닌 걸까', '그렇다면 나는 무엇으로 먹고 살 수 있을까' 고민했어요. 그랬던 제가 지금은 작사계의 화석, 작사계의 시조새 소리를 들으며 계속 가사를 쓰고 있네요. 중요한 것은 꾸준함입니다. 이 일을 지속하게 만든 힘, 작사하는 마음과 작사가의 태도를 잠시 들려드릴게요.

♪♬ 사랑으로 쓰기

가사를 쓰는 일은 과장하면 자식을 낳는 것과 비슷합니다. 세상에 없던 것이 나로 인해 태어나고, 어떨 땐 정말 생명이 있는 것처럼 오래오래 누군가의 귓가에서 살아가지요. 그래서 노래가 잘되면 효녀곡, 효자곡이라고 표현하는 걸지도 모르겠습니다. 내 자식처럼 애착이 갈 수밖에 없고요.

그런데 가사에 아무리 애착이 생겨도 아쉬운 순간은 있기 마련입니다. 세상에 내 노래가 나온 이상 좋은 평이든 나쁜 평이든 받아내야 하지요. 협업 같은 경우엔 다른 이와 짐을 나눠 질 수라도 있겠지만, 제가 쓰고 부른 노래라면 오롯이 저의 몫입니다. 숨고 싶어도 숨을 데가 없죠. 이때 내가 쓴 가사를 너무 미워하지는 않으려 해요. 조금 아쉬울 뿐이죠. 네, 그게 다예요. 작사에 최선을 다했다면 그 끝은 '내 자식이니 나라도 예뻐해줘야지'라는 마음으로 임해요. 역설적이게도 이렇게 내려놓을수록 후회 없이 멋진 가사가 나오기도 하더라고요.

♪♬ 사랑은 기본, 책임으로 쓰기

이 일을 지속할 수 있는 기본적인 힘은 솔직히 말해 '돈이 되어서'입니다. 저는 작사, 작곡으로 돈을 벌고 생계를 꾸립니다. 그래서 직업인 거죠. 사랑만으로는 작사가를 계속할 수 없었을 거예요. 게다가 누군가 나에게 돈을 주고 가사를 부탁한다는 건, 그래도 내가 가사를 쓸 만하게는 쓰는구나 하고 자기효능감을 심어주죠. 가치가 있는 것을 만들어내고자 더 아득바득 노력하게 되고요.

의뢰가 들어오는 곡 중에 드라마나 영화 OST도 꽤 있습니다. OST 가사를 쓸 때는 '알아야 잘 쓴다'를 신조로 삼고 조사를 철저히 하는 편인데요. 대본 숙지는 물론, 아직 전체 대본이 나오지 않았다면 시놉시스나 등장인물이라도 꼭 확인해요. 원작이 있다면 전부 찾아보죠.

그런데 한번은 드라마도 영화도 아닌 예능 프로그램 OST 작업을 하게 된 적이 있어요. <청춘MT>라는 리얼리티 예능이었는데, 당시 라인업으로 큰 화제였습니다. 드라마 <구르미 그린 달빛>, <이태원 클라쓰>, <안나라수마나라> 출연진들이 전부 모여 세계관을 통합한 콘텐츠였지요.

시청자이자 드라마 팬으로서는 참 기대되었지만, 작사가로서는 고민에 빠졌습니다. 예능 프로그램은 따로 대사가 있는 것도 아니고 캐릭터도 확실치 않잖아요. 큰 줄거리만 듣고 가사를 쓰자니 어딘가 개운하지가 않더라고요. 결국 제작진께 부탁드려 혹시 어떤 장면이 촬영될 예정인지 스케줄표를 공유받았습니다. 스케줄을 보니 함께 요리하고 게임도 하고 여행하는 일정이 세세히 적혀 있더군요. 그때부터 출연진들이 만나서 촬영하는 모든 순간은 청춘이라는 이름의 책 한 권을 함께 쓰는 것이라는 이미지의 가닥을 잡고 가사를 써 내려갔습니다.

스케줄표를 보고 안 보고는 아주 작은 차이 같지만, 이 작은 차이가 제 책임감과 가사의 실마리였더라고요. 돈을 받으니까 책임감이 생기고, 그 책임감으로 또 열심히 쓰고, 그래서 또 돈이 되는… 아름다운 선순환이랄까요.

♪♬ 장점을 알고 쓰기

최근 30대 1의 경쟁을 뚫고 어떤 곡을 작사했습니다. 이렇게 자랑스럽게 얘기할 수 있는 것은 경쟁에서 밀려난 경험이 더욱 많기 때문이에요. 작사가는 거절을 두려워하면 안 되는 직업입니다. 내가 쓴 가사가 채택되지 않는 일은 작사가가 되면 숨쉬듯 겪게 될 일이에요. 당신이 매우 유명한 작사가가 되더라도 말이에요. 그렇다고 '난 재능이 없나 봐' 하고 속단하는 것도 금물입니다. 작사계의 화석인 제 경력에도 지금도 여전히 작사가 잘 되는 날이 있고, 안 되는 날이 있습니다. 안 되는 날엔 힘도 빠지는 데다 특히 가사 수정이 계속될 때는 저도 사람인지라 회의감이 들어요.

그래도 꼭 지키는 것 하나가 있습니다. 수정은 얼마든지 괜찮으니, 남의 것을 쓰지 않아요. 저에게 의뢰가 들어온 곡이라면, 분명 제가 여태껏 쓴 가사를 좋아해서 의뢰받았을 확률이 높잖아요. 그러니 저를 버려서는 안 되겠죠. 어떤 작사가는 후렴을 정말 잘 씁니다. 어떤 작사가는 풋풋한 감성을 잘 쓰죠. 그렇다면 나는 어떤 작사가일까요. 나라는 작사가 앞에 붙을 수식어는 무엇일까요. 그것을 고민해보세요. 내 장점을 찾고 나면 그다음부터는 내 안에서 얼마든지 수정할 수 있어요.

♪♬ 편안하게 쓰기

동요, 동시, 동화를 좋아하고 많이 접하려 합니다. 간결하고 꾸며지지 않은 것이 가장 아름답다고 생각해요. 비슷한 연유로 저보다 인생을 오래 산 어른들의 글도 참 좋아하는데요. 아이였을 때는 아직 다 채워지지 않아서 맑다면, 나이가 들어서는 다 비워내서 맑은 것이 있지요. 때문에 저는 나이가 든다고 해서 가사가 올드해질까 봐 걱정하지 않습니다. 오히려 전에는 없던 시선들이 파릇파릇 생겨날 거라 생각해요.

알면 알수록 비워내고 현란한 묘사는 걷어내면서, 작은 진짜 마음만 남는 거죠. 담백하고 편안하게 쓰인 마음만요.

♪♬ 주변을 보며 쓰기

작사가는 다양한 음악인들과 소통하며 곡의 여러 면을 깎고 다듬는 사람입니다. 그래서 주변 사람들의 업무도 어느 정도 파악해두면 내 일을 할 때도 도움이 많이 되죠. 작곡가는 어떻게 멜로디를 만드는지, 가수는 목소리를 어떻게 내는지, A&R♬은 작사가에게 무엇을 바라는지 함께 익히면 넓은 시야로 일할 수 있습니다.

당신이 만약 지금 작사가가 되기를 꿈꾸기 시작했다면 데뷔하기 위해선 몇 년이 걸릴지 모릅니다. 작사가가 된 이후에도 의뢰가 계속해서 들어오리란 보장이 없습니다. 자격증이 따로 주어지는 것도 아니니 작사가로 안정적으로 먹고사는 건 참 힘든 일일 거예요. 그럴수록 더욱이 '만렙'을 찍을 수 있는 당신만의 무기가 무엇인지 치열하게 고민하는 시간이 필요해요. 저도 당신을 기다리며 갈고 닦아나가겠습니다.

A&R: Artist and Repertoire. 가수(Artist)의 발굴부터 음반 기획, 제작 및 곡의 목록(Repertoire)까지 관리하는 직업입니다. 음반의 전체 색깔과 곡을 결정하는 사람이기 때문에 작사가와 주로 가장 많이 소통하는 담당자라고 할 수 있어요.

우린 왜 여기까지 온 걸까
흐릿한 저기 갈림길을 지나
드디어 서로의 눈을 보며
설레는 마음을 모아
우연히 펼쳐보던 책처럼
인생은 끝을 알 수 없는 모험
꿈꿔온 나의 세상이 이제
찬란히 펼쳐질 거라고
저 하늘 별처럼
Oh oh oh oh oh oh
수많은 이야기
영원히 새겨질 거야
빛나는 우정은
Oh oh oh oh oh oh
푸르른 청춘의
우리 함께라면
언제나 여기에

<청춘동화>

노래. 종호(ATEEZ)

작사. 조동희

BONUS
TRACK.

녹음실의 말들

녹음실에서 들리는 말, 작사 작업과 현장에서 많이 들리고 쓰이는 말들을 모아봤습니다. 알아두면 도움이 될 거예요.

♪♬ MR: Music Recorded의 줄임말. 직역하면 녹음된 노래, 즉 가수의 목소리 없이 노래 반주만 녹음된 것을 뜻합니다.

♪♬ AR: All Recorded의 줄임말. 가수의 목소리와 노래 반주 모두 녹음된 것을 뜻합니다.

♪♬ WAV: 무손실 무압축 포맷으로, 용량이 큰 대신 손상이 없는 음원 파일입니다.

♪♬ MP3: 손실 압축 포맷으로, 용량이 작은 대신 손상 위험이 있는 음원 파일입니다. 보통 보컬 녹음 후 WAV와 MP3 파일을 둘 다 사용합니다. 작업자들에게 전달할 때는 WAV, 녹음실에서 그때그때 녹음본을 확인하기 위해 들을 때는 간단하게 MP3를 사용해요.

♪♬ 데모 곡입니다: 데모 곡은 Demonstration+곡(曲)의 합성어로, 시범이 되는 노래라는 뜻입니다. 정식 녹음 전 샘플로 만들어둔 곡으로, 작사 의뢰를 받게 될 경우 데모 곡에 가사를 쓰게 됩니다.

♪♬ 가이드 보냈습니다: 본 가수가 본 녹음에 들어가기 전, 어떻게 부르면 좋은지 본보기로 다른 사람이 미리 불러둔 노래. 가수는 가이드를 듣고 감정을 맞춰가며 부르기 때문에 가이드의 역할이 매우 중요합니다. 이미 작사가 완성된 경우엔 정확한 가사로 가이드를 만들지만 대부분 알 수 없는 외계어로 (작곡가가) 가이드를 불러두죠. 신기하게도 그 외계어로부터 비슷한 단어가 정식 가사로 뽑히는 경우도 많습니다. 단순한 흥얼거림 이상으로 자연스럽게 그 음에 가장 잘 맞는 발음이 붙어 있거든요.

♪♬ 콘셉추얼하게 써주세요: 소재를 명확히 잡아 가사를 써달라는 말로 이해합니다. 세계관이 확실한 K-POP 작사를 할 때 많이 받는 의뢰 형식입니다.

♪♬ 펀치라인이 좋네요: 주먹을 한 방 맞은 것처럼, 그 노래를 떠올렸을 때 딱 생각나는 결정적인 가사를 의미합니다. 랩 가사일 경우, '동음이의어를 사용한 중의적이고 재치 있는 가사'라는 조금 더 좁은 의미로 쓰이는 말입니다.

♪♬ 싸비에서 터지면 좋겠어요: '싸비'는 곡의 후렴을 뜻하는 음악계 은어입니다. 영어로 '주제'를 뜻하는 Subject란 단어에서 유래했다고도 하는데요. 그만큼 곡의 주제를 가장 잘 담고 있는 부분입니다. 싸비가 강력해야 모두가 따라 부를 수 있는 노래, 기억하기 쉬운 노래가 되기 때문에 작사가들은 싸비 가사를 무척 고민하고 펀치라인을 살리려 노력합니다.

♪ 작사가의 다른 이름 ♬

작사가는 가사를 쓰기 위해 다른 여러 직업을 겸하고 있습니다. 지금부터 그 직업에는 어떤 것들이 있는지, 작사가의 다른 이름들을 소개해드릴게요.

♩♪♬

TRACK
01.

도서관 산책가

: 작사가의 소재, 작사가의 서재

책상 앞에 앉으면 '루틴' 두 글자가 가장 먼저 보입니다. 작사가는 프리랜서로 일하기 때문에 제가 저를 달래어 일하게 만들어야 하는데요. 직관적으로 충격을 주기 위해 종이에 써서 붙여두었습니다.

보통 아침에 일어나면 7시. 간단한 스트레칭을 하고, 커피를 진하게 내립니다. 쓰지만 끊을 수 없는 맛을 느끼며 30분간 책을 읽습니다. 그 후 업무 메일을 확인하면서 그날의 할 일을 정리하죠. 루틴을 만들려고 애를 쓰는 모습이 기특합니다만, 솔직히 매일 잊지 않고 잘 지키고 있는지는 모르겠습니다. 한 가지, 아침 독서만 빼고요.

독서가 루틴이라고 하면 엄청 대단하게 들릴지도 모르겠어요. 사실 그렇게 대단한 건 아니에요. 그저 단 몇 페이지라도, 한 장만 채우자는 느낌으로 매일 읽을 뿐입니다. 그날그날 끌리는 책을 집어 들기도 하고, 어떤 날에는 예전에 읽었던 책을 다시 읽는 날도 많아요. 이렇게라도 매일 읽는 이유는 '매일 쓰기 위해서'와 이어지는데요. 책 속에서 가사의 힌트를 많이 얻기 때문입니다. 꼭 긴 문장이 아니어도 좋아요. 가사는 한 단어에서 출발할 때도 많거든요.

가사를 쓰다가 정말 안 풀리는 날이 있어요. 그럴 때도 저는 저의 루틴에 기댑니다. 인용이 필요할 때, 노래 제목을 정할 때, 소재를 정할 때도 독서가 도움을 주었어요. 언젠가 제가 체험해보지 못한 사랑 이야기로 가사를 써달라는 의뢰를 받았을 때, 그것과 비슷한 수많은 사랑의 형태를 책 속에서 찾기도 했습니다. 우리가 겪어보지 못한 일들, 상상하지 못한 것들을 녹여내야 할 때, 책 속에 있는 것들을 빌려다 쓰는 것이지요.

여기서 잠깐! 물론 그렇게 담아온 것들을 그대로 옮겨 쓰자는 것은 아닙니다. 우리는 모두 무언가로부터 영향을 받으며 살아왔고 하늘 아래 새로운 것은 없다지만, 책에서 가사의 힌트를 얻는 것은 표절이 아니라 '마중물'에 가깝습니다. 정확하고 좋은 문장을 읽고 쓰며 나에게 부어줄수록 내가 추구하는 스타일이 확연하게 차오릅니다. 게다가 오히려 다양한 책(과 미디어)을 접할수록 내가 쓰려고 한 가사와 비슷한 것이 이미 존재할 위험을 빨리 가려낼 수도 있고요.

이렇게 책을 읽어도 가사가 나오지 않아 괴로운 날에는 도서관에 갑니다. 도서관에 가서 무얼 하냐고요? 산책을 합니다. 책장과 책장 사이로 책의 제목들을 훑으며 지나다니죠. 그곳에 꽂혀 있는 책들은 전부 출판사와 작가가 최소 몇 달은 머리를 맞대고 만든 문장들로 가득하잖아요. 그중에서도 책의 제목이란 것은 고민과 고민 끝에 나온 정수일 텐데 이렇게 손쉽게 만날 수 있는, 그것도 심지어 공짜로 빌려 볼 수 있는 곳이 도서관 말고 또 어디 있을까요.

신기하게도 이렇게 도서관에서 제목들을 눈에 담아오기만 해도 가사의 힌트가 될 때가 많았어요. 훌륭한 재산을 안고 가벼운 마음으로 돌아오곤 했지요. 살면서 겪어보지 못한 일을 가사로 표현해야 할 때, 당신도 도서관 산책가가 되어보세요. 꼭 책을 읽지 않아도 좋습니다. '책등'만 읽으며 제목과 제목 사이를 거닐어보세요.

이것이 저의 평범한 작사하는 하루입니다. 그렇게 규칙적일 것도 없지만, 그래도 책상 앞에 붙여둔 두 글자 '루틴'을 보며 매일 읽고 쓰고 그 속을 산책하는 삶을 살고 있어요. 작사를 하려면 스스로를 어르고 달래며 쓰게 해야 하지만, 장점 또한 아무 때나 아무 데서나 일할 수 있다는 것입니다. 여행을 가서도 쓰고, 자려고 침대에 누웠다가도 쓰고, 심지어 잠이 들었다가도 벌떡 눈을 뜨고 쓰기도 해요. 일하는 시간을 자유롭게 사용하는 걸 좋아하는 저로서는 정말 최고의 직업을 선택한 것이지요. 이렇게 매일 글을 씁니다.

뭐라도 씁니다. '쓴다'기 보다는, 이제는 습관이 되어서 '써진다'에 가깝게 느껴지기도 해요. 그런 '써진다'의 감각을 당신도 몸에 익혀보면 좋겠어요.

이번 주엔 도서관에 한번 가보세요. 도서관 산책가가 되어, 나를 가장 사로잡은 책 제목 일곱 가지를 적어보고 그 이유를 생각해봅시다.

1.

2.

3.

4.

5.

6.

7.

TIP. 극장 산책가

도서관이 부담스럽다면 텔레비전이나 극장은 어떤가요? 우선 방송 프로그램의 제목 속을 거닐어보는 것을 추천합니다. 책 제목과 마찬가지로 전부 제작진이 고심해서 촘촘히 짜낸 문안들이니까요. 채널을 돌리며 프로그램 제목만 살펴보는 것도 아주 간단하지만 도움이 될 거예요.

영화 속 명대사도 익혀보세요. 제가 좋아하는 영화 <먹고, 기도하고, 사랑하라>는 완벽한 것 같던 일상에 회의감이 든 주인공 리즈가 일도 사랑도 다 뒤로한 채 무작정 1년간의 긴 여행을 떠나는 이야기입니다. 첫 여행지는 이탈리아였는데, 리즈는 왠지 답답해 해요. 아무리 미식의 나라라지만 3주간 한 거라곤 정말 먹는 일밖에 없다며 죄책감에 화를 내죠. 그 말을 듣고 있던 이탈리아인이 그건 당신이 즐길 줄 몰라서 그런 거라며, '돌체 파 니엔테'를 이야기합니다. 그것이 이탈리아인들의 생활신조라면서요.

돌체 파 니엔테(Dolce Far Niente). 자막으로는 '달콤한 게으름'이라고 번역되어 지나갔습니다. 달콤한 게으름은 해야 할 일을 미루는 게으름이 아닌, 진정 빈둥거림을 즐기는 게으름이라고 해요.

주인공은 다음 날 혼자서 정성 들여 차린 아침을 먹으며 이 말을 중얼거리죠. 자기 자신만을 위해 보내는 달콤한 게으름의 아침이었을 거예요. 이 장면을 보면서 우리에겐 열심히 일하는 것만큼 아무것도 하지 않는 시간도 필요하겠구나! 생각하며 단어를 기억해두었어요. 그 기억은 나중에 <행복한 여행자>의 가사로 이어졌습니다.

"그 어디라도 내 주머니는 가볍고
나의 입술은 말라도 난 웃을 수 있지
떠날 곳도 머물 곳도 없지만
나는 매일 세상일에 늦고 작은 일에 놀라지 않지
푸르른 하늘에 구름이 그려놓은 그림 보며
때묻은 내 마음은 깨끗하게 씻기네"

<행복한 여행자>

노래. 조동희

작사. 조동희

TRACK
02.

성공한 단어 은행장
: 대체어 훈련

당신이 작사가이고 멜로디가 무척 아름다운 데모 곡을 하나 받았다고 생각해봅시다. 데모 곡은 정식 음원이 아니라 반주만 있는 곡이므로 이제부터 당신이 가사를 붙여 노래를 완성시켜야 해요. 그 곡이 내 노래라면 시간과 상관없이 자기표현이 가장 중요할 테고, 당신이 전문 작사가 지망생이라면 곡을 의뢰한 곳의 마감 기한 안에 가사를 보내고 확인받아야 하니 빠른 스피드까지 갖춰야 할 테죠.

약간 막막해진 당신은 곡을 다시 한번 틀고 들어봅니다. 음, 3분이 조금 넘는군요. 이번에는 멜로디의 아름다움뿐 아니라 가사의 분량과 한 마디 안에 넣을 수 있는 글자 수를 조금 알 것 같아요. 쓰고 싶은 게 무엇인지 모를 때는 막막해서 힘들었다면, 이제는 쓰고 싶은 게 넘쳐서 큰일일지도 모릅니다. 몇 분 안 되는 노래 안에 이 얘기를 다 넣어야 하니까요. 아아, 드디어 하고 싶은 말이 무엇인지 조금 알 것 같아서 기뻤는데 이제는 무엇을 쓰고, 무엇을 쓰지 말아야 하는가! 하는 고민에 빠집니다. 맞습니다. 노래는 보통 작곡이 작사보다 먼저 완성되는 경우가 많습니다. 완성된 멜로디에 가사를 붙여야 하죠. 때문에 가사는 길게 쓰고 싶다고 길게 쓰거나 짧게 쓰고 싶다고 짧게 쓸 수 없어요. 하고 싶은 말을 다 넣을 수도 없는 노릇이고요. 이럴 때는 어떡하냐고요? 그 단어의 대체어를 많이 생각해두어야 해요.

잠시 머릿속으로 은행을 하나 지어보겠습니다. 문을 열고 들어서니 조용해요. 번호표를 뽑고 창구에 앉아요. 그리고 돈…이 아니라 단어를 인출하지요. 이 은행의 이름은 '단어 은행'입니다. 단어 은행에는 돈이 아니라 단어들이 빼곡히 들어 있어서 언제든 원하는 단어를 넣었다 뺐다 할 수 있어요. 단어 은행의 고객이자 은행장은 단 한 명, 당신뿐이에요. 그래서 당신이 단어를 많이 저축해놓으면 놓을수록, 단어를 많이 꺼내면 꺼낼수록, 단어 은행은 활발하게 돌아가게 됩니다.

처음 받은 데모 곡에 '마침내'라는 표현을 쓰고 싶은 당신, 그러나 3음절 마침내가 들어가기에는 멜로디가 짧습니다. 남은 자리가 2음절밖에 없는 상황이에요. 이럴 땐 단어 은행에 가서 마침내의 대체어 중 2음절인 것을 빠르게 찾아야 해요. '결국'을 꺼내올 수도, '끝내'를 꺼내올 수도 있겠죠. 단어 은행에 단어를 많이 보유한 사람이라면 '필시' 같은 말을 찾아낼 수도 있을 거예요.

반대로 음절을 늘려야 할 상황도 생각해볼까요. 만약 '빛'이라는 단어를 쓰고 싶은데 남은 자리는 더 길다면? 이 또한 단어 은행에서 가져옵니다. 어떤 빛인지 생각하면서 맞춰나가죠. 빛, 저 빛, 여름 빛, 조용한 빛… 빛의 음절을 늘려가보는 거예요.

당장 생각나는 단어가 많지 않다고 좌절하지 마세요. 이제부터라도 많은 단어를 알뜰하게 저축할 수 있도록, 성공한 단어 은행장이 되는 방법을 알려드릴게요. 우선 그 전에… 지금 딱 생각나는 1음절 단어를 하나 말씀해주시겠어요? 가볍게, 3초 안에 적어보세요.

(   )

잘하셨어요! 그 뒤로, 계속해서 떠오르는 1음절 단어들을 채워보세요. 지금부터 5분을 드릴 테니 너무 오래 생각하지 마시되, 내 노래의 가사로 사용할 수도 있음을 살짝 염두에 두고 마음에 드는 1음절 단어를 적어주시면 됩니다. 총 서른 개예요.

(_____)(_____)(_____)(_____)(_____)
(_____)(_____)(_____)(_____)(_____)
(_____)(_____)(_____)(_____)(_____)
(_____)(_____)(_____)(_____)(_____)
(_____)(_____)(_____)(_____)(_____)
(_____)(_____)(_____)(_____)(_____)

조금 갑작스러웠을 수 있지만, 저는 작사 수업 시간에 꼭 이 음절 훈련을 거칩니다. 5분 안에 1음절 단어 서른 개를 써보는데요, 특징이 있습니다. 지금처럼 중간에 갑자기 시작하는 것과 꼭 노트에 수기로 쓰게 하는 것이에요.

갑자기 시작하는 것은 무의식적인 영역을 건드리기 위함입니다. 수업 전에 미리 1음절 훈련에 대해 말씀드렸다면 분명 나도 모르게 있어 보이는 단어, 의도로 가득

찬 난어를 준비하게 될 거예요. 그것은 나의 표현이 아닐 확률이 높습니다.

노트에 쓰는 것은 마찬가지로 손을 움직이며 무의식적으로 나오는 표현을 극대화하기 위함과 동시에 '소중한 것'이라는 감각을 깨워주고 싶어서랍니다. 이 수업이 다 끝나고 나면 나중에 가사를 쓸 때 훑어보게 될 나만의 노트가 하나 생기는 것이죠. 든든한 단어 통장이요.

1음절 서른 개 쓰기를 마쳤다면 이어서 2음절, 3음절, 4음절도 5분간 각각 서른 개씩 적어봅니다. 단어를 서른 개나 쓰다 보면 다른 수강생들과 적는 단어가 겹칠 듯도 하나 신기하게도 크게 겹치지 않았습니다. 사람들은 저마다의 단어를 쓰지요. 이제 당신만의 단어를 확인해볼 시간이에요. 같은 단어도 음절에 따라 유사한 대체어로 바꿔보는 연습을 해봅시다.

step 1. 1음절부터 4음절까지 늘려가며 떠오르는 단어를 한 번에 써보세요.

1음절 (______)

2음절 (______) (______)

3음절 (　　　　)(　　　　)(　　　　)
4음절 (　　　　)(　　　　)(　　　　)(　　　　)

주의!

음절이 늘어날수록 단어를 적는 데 시간이 오래 걸려요. 그렇다고 1차원적으로 '동서남북', '신속배달' 이런 것을 쓰는 것은 아닙니다. (빨리 쓰기 대회가 아니에요!) 내가 가사를 쓸 때 사용하고 싶은 단어들을 적어보는 거예요. 기준은 이것 하나입니다. 가사에 적힐 것들, 내 노래로 불릴 것들이라 생각하고 단어를 골라주세요.

step 2. 조금 더 좁혀서 생각해볼까요. 지금 당신이 있는 곳에서 보고 느낄 수 있는 것으로 공간을 한정해 step 1을 반복해보는 거예요. 단어를 가지는 동시에 관찰력도 늘릴 수 있겠군요. (예를 들어, 지금 제 방에는 1 창, 2 램프, 3 테이블, 4 라벤더 향이 있네요.)

1음절 (　　　　)
2음절 (　　　　)(　　　　)
3음절 (　　　　)(　　　　)(　　　　)
4음절 (　　　　)(　　　　)(　　　　)(　　　　)

step 3. 이번엔 한 단어를 정해 1~4음절까지 대체어로만 채워보세요. (예를 들어 '쉽다'의 대체어를 1~4음절까지 적어본다면 쉬/쉽게/쉽사리/그리 쉽게 정도를 쓸 수 있겠네요.)

대체할 단어 (______)

1음절 (______)
2음절 (______) (______)
3음절 (______) (______) (______)
4음절 (______) (______) (______) (______)

step 4. step 1~3을 반복하며 갖게 된 나의 단어들을 살펴보세요. 그중 세 가지를 뽑아 하나의 문장을 만들어 봅니다. 이때 아예 무작위로 단어를 뽑아보는 것도 좋아요. 혹독하게, 그렇지만 어휘력과 문장력이 쑥쑥 늘 거예요.

______________ ______________ ______________

성공한 단어 은행장이 되는 방법은 간단합니다. 단어를 많이 저축하고 같은 의미의 단어를 많이 대출받으세요. (많이 저축할수록 빠르게 대출받을 수 있습니다.) 그리고 그 단어들의 '결'을 살펴보세요. 앞에서 내가 쓴 단어들을 쭉 나열해보기만 해도 알 수 있을 거예요. 단어가 주는 발음, 주제, 기억… 내가 모은 단어의 결이 선히 보이죠. 분명한 건, 내가 쓰는 단어는 곧 내가 쓰는 노래가 된다는 점입니다. 나는 어떤 가사를 쓰고 싶은지 그 결에서 찾아보도록 해요.

TRACK
03.

가사 수집가
: 곡에 어울리는 가사를 불러오는 법

요즘따라 마음에 드는 노래가 나타나면 심히 반갑습니다. 나이가 들수록 예전만큼 좋아하는 노래를 만나기가 어려워서일까요. '이렇게 보물 같은 노래가 있었나?', '어디에 숨어 있었지?' 하고 기뻐합니다. 짧은 만남에서 오랜 친구로 발전하게 되었던 관계나, 우연히 맛본 콩국수가 여름철 최애 음식이 된 것처럼(그 전까지는 '왜 베지밀에 국수를 말아 먹지?'라고 생각했습니다) 노래도 그렇게 찾아오길 바라며 늘 귀를 열어두려고 하죠.

그렇게 만난 가사들은 전부 기록해둡니다. 우연을 우연으로 두지 않기 위한 일, 저는 이걸 '가사 수집'이라고 불러요. 그래서 저는 '가사 수집가'입니다.

사실 가사 수집가의 면모는, 가사를 기록해둘 때가 아니라 가사 작업을 위한 모든 것을 메모할 때 빛이 나는데요. 좋은 가사는 물론, 가사를 쓸 때 참고가 될 만하다 싶으면 주변 사람들의 말까지 전부 수집해두어요. 저의 짧은 단상이나 관찰이나 상상했던 것, 언젠가 쓰일 것 같은 한 줄의 예비 가사들도 전부 메모장에 남겨두죠.

현재 저의 휴대폰 메모장에는 4,085개의 가사 수집이 들어 있습니다. 저에게는 4,085개의 준비물이 있는 셈인데요. 누군가 급하게 "이런 주제로 가사를 써주실 수 있을까요?" 하고 부탁해도 저는 바로 쓸 수 있어요. 왜냐하면, 이미 그 주제로 제가 수집해둔 것이 있기 때문이죠.

'적자생존'이라는 말이 있습니다. 저희 집에서는 이 말이 조금 다르게 쓰이는데요. '적는 자만이 생존한다'로 쓰인답니다. 사람은 생각보다 빨리 잊어버려요. 적어야 남습니다. 지금도 전국의 가사 수집가들은 귀를 쫑긋하고 있을 거예요. 우리도 질 수 없죠!

1. 가장 최근의 메모는 무엇인가요?

(저는 이윤설 시인의 「이 햇빛」이라는 시를 메모해두었네요.)

2. 메모를 쭉 훑어내려 봅시다. '내가 이런 걸 썼나?' 싶게 낯선 메모를 찾아보세요.

3. 이제 끌리는 메모를 찾아볼까요. 이번에는 '내가 이런 걸 썼나?' 어깨를 으쓱이며 뿌듯해하면서요.

4. 메모를 고르고 고르다 최초의 메모에 당도했나요. 당신의 첫 메모는 무엇인가요.

5. 이제 가사 수집 폴더를 따로 만들어서 가사를 위한 메모만 수집해 보세요. 당신은 앞으로 어떤 메모를 수집하게 될까요?

TRACK
04.

지도를 그리는 사람
: 같은 주제, 다른 노래

제 자작곡 중에는 제목에 '바다'가 들어가는 노래가 두 곡 있습니다. 하나는 <바다품>, 또 하나는 <바다로 가는 기차>라는 곡이에요. 이 두 곡은 키워드만 같을 뿐, 전혀 다른 주제의 노래예요.

<바다품>은 바다를 지켜주고 싶은 마음을 담은 노래입니다. '비치 코밍'♬을 떠올리며 가사를 썼어요. 보통 사람들은 바다의 환경 오염을 이야기할 때 "이제 더이상 시간이 없습니다", "큰일났습니다" 같은 식으로 엄숙

비치 코밍(Beach combing): 해변(Beach)을 빗질(Combing)하듯 해변가로 밀려온, 혹은 사람들이 버리고 간 쓰레기를 정리하는 환경 보호 운동입니다. 주워 모은 표류물과 쓰레기를 활용해 새로운 예술 작품을 만들기도 해요.

하게 바다를 지켜내길 독려하곤 하는데요. 저는 아직 시간이 있다고 말하고 싶었습니다.

어느 날 아이를 키우다 너무 힘이 들어 혼자 강릉으로 바다를 보러 간 적이 있어요. 그때 그 기억을 떠올려 보면, 그저 바다를 바라보고 앉아 있었을 뿐인데도 바다에 안겨 있다는 느낌이 들었습니다. 바다가 품을 내어준 것이죠. 그렇게 마음을 추스르고 다시 저를 생활로 돌아오게 해준 그 바다에, 쓰레기가 떠다니고 동물들이 아프고 하다뇨. 저는 돌아오자마자 <바다품>의 가사를 쓰기 시작했습니다. 바다를 '너'라고 표현하며 편지를 쓰듯 작사했어요. 바다는 저한테 그런 존재거든요. 그립고 포근한 대상, 솔직한 마음을 숨겨둔 곳. 그 마음을 이렇게 가사로 담았습니다.

"너는 내가 좋아하는 책 / 숨겨두고 싶은 그림 / 만져주고 싶은 마음"

반면 <바다로 가는 기차>는 세월호 참사 4주기 때 쓴 곡입니다.

"행복했었던 순간 그림처럼 / 하지 못했던 말들 이제야

/ 이제는 노란색 기도, 잠 없는 밤 / 따스한 손을 놓을 시간 / 어느 봄의 꽃잎, 자전거 바퀴 / 바다로 가는 기차, 그대의 얼굴 / 잊지 말아줘요 그 봄의 나를"

저는 매년 4월이 되면 가사를 씁니다. 몇 년 전 그 봄 바다를 떠올리는 것은 잔인할 정도로 아프지만, 그럴수록 저는 써야만 했어요. 같은 소재라도 전하고 싶은 주제가 <바다품>과는 전혀 달랐습니다. 바다가 주는 이미지 또한 어떤가요. 마냥 포근하지만은 않죠.

노래의 키워드에서 주제를 뽑는 것은 '마인드맵'을 그릴 때와 비슷해요. 가장 중앙에 '바다'를 놓았더라도, 뻗어나가는 갈래 갈래만큼이나 다양한 바다를 노래할 수 있어요. 작사 수업을 할 때도 마찬가지였습니다. 수강생분들에게 같은 소재를 드려도 전혀 다른 각자의 이야기가 나왔지요. 내 노래를 만들 때에도 키워드나 주제가 겹친다고 해서 꼭 하나만 선택해야 하는 것은 아니에요. 만약 그랬다면 세상에 사랑 노래는 단 하나뿐이었어야 할 거예요. 그렇지만, 떠올려보세요. 우리가 즐겨듣는 사랑 노래가 전부 같던가요? 우리가 즐겨듣는 꿈의 노래가 하나뿐이던가요?

요즘 저의 중심 키워드는 '다정함'입니다. 가지를 뻗어가다 보면 어떤 가지엔 아이들의 웃음이 있고, 또 어떤 가지엔 함께 살았던 개의 기억이, 또 다른 가지엔 저를 잡아주었던 손들이 적힙니다. 무엇을 먼저 쓰든, 쓰지 못할 것은 없을 예정입니다.

'사랑'이라는 주제로, 다섯 개의 사랑 가사를 써봅시다. 단 한 줄, 몇 문장이어도 좋아요.

1. 이제 막 시작된 풋풋한 사랑

2. 오래되어 안락하고 편안한 사랑

3. 헤어짐이 다가오는 사랑

4. 그리움을 담은 사랑

5. 다시 시작하는 사랑

구름

노래. 조동희
작사. 조동희

"나는 구름 / 내 맘은 구름이 되어 / 너의 얼굴은 / 저 하늘 위에 가득 차오고 / 종일 내 맘은 시계추처럼 / 기쁨과 슬픔을 오고 가네 / 너를 두고"

연인이 되기로 한 다음 날, 시작하는 연인들의 불안과 설렘이 공존하는 사랑을 썼습니다.

Blooming Today

노래. 성시경 / 치즈
작사. 조동희

"가끔 우리 / 아무것도 하지 말자 / 둘만 아는 / 농담이나 나누면서 / 어지러운 / 세상일에 흔들린대도 / 충분한걸 / 더도 말고 지금의 너"

익숙하지만 이 익숙함이 너무나 소중함을 알고 있는 연인의 장면을 포착하고 싶었어요. 시간이 만들어준 안락의자 같은 사랑의 장면을요.

잘한 일일까

노래. 조동희
작사. 조동희

"뒤돌아 있는 너를 사랑하는 것 / 나 잘한 일일까"

이미 나에게서 등을 돌려버린 상대에 대한 미련이 가득한 모습입니다.

비결

노래. 조동희
작사. 조동희

"마음 부서질 때까지 / 그리 소중했었다면 / 이미 그걸로 충분한 노래, 충분한 노래"

이별은 나의 절반을 잃어버린 것처럼 고통스럽지만 상대를 그리워하는 방법을 차근차근 알아가는 과정이기도 함을 말하고 싶었어요.

연애시(Love Poem)

노래. 조동희&캡틴락
작사. 조동희

"밤과 새벽 사이 / 외로움과 그리움 사이 / 눈빛과 떨림 사이 / 사람과 사랑 사이 / 이 사랑이 결국 나를 아프게 해도 / 사랑 없는 인생보다는 낫지 않은가 / 빛과 어둠은 우리 머리 위에 언제나 / 돌고 돌고 돌아오는데"

여러 번의 이별 후에도, 그럼에도 불구하고 다시 사랑을 시작하는 사람들의 마음을 담으려 했어요. 어떻게든 내 사랑을 지켜나가고 싶은 의지가 느껴지도록요.

TIP. 사랑의 시간대를 나누어 다섯 가지 사랑 이야기를 써보았습니다. 다음 사랑 이야기는 친구, 연인, 가족 등 관계를 주제로 나누어 써봐도 좋겠네요.

♪

내 인생의 OST

♬

3RD
ALBUM

드라마 속 주인공들이 아닌 나의 노래, 내 인생의 OST를 만들어봅시다. 남이 쓴 가사가 아니라 내 이야기와 마음을 담은 가사를 직접 써보는 거예요. 기쁠 때나 슬플 때, 필요할 땐 언제나 당신 삶의 배경음악이 되어주겠지요.

♩ ♪ ♬

TRACK
01.

영감을 받는다는 것
: 씨앗 찾기

작사를 할 때 우리는 어디서 영감을 받으면 좋을까요? '영감'님이 제 발로 우리를 찾아와주면 좋겠지만 아쉽게도 그런 일은 없습니다. 당신도 "빨리 집 가서 영감 받아야지" 하지 않잖아요. "7시부터 영감이 올 거야!" 이렇게 말하며 기다리는 사람도 없을 거예요. (만약 있다면, 저에게도 꼭 알려주세요. 어디서 몇 시부터 기다리면 되는지 말이에요.) 영감은 어떤 명확한 순간이 아니라 그냥 매 순간 지나가고 있는 걸지도 모르겠습니다.

이렇게 지나가는 영감을 한번 붙잡아보도록 해요. 지금부터 저와 함께 문답을 주고받아 봅시다. 우선 영감을 붙잡기 위해선 매사의 감각을 기억하는 것이 중요해요. 제가 추천하는 방법은 지금 먹고 있는 음식의 맛, 들리는 소리, 보이는 풍경 등… 지금 이 순간에 느껴지는 모든 감각을 최대한으로 받아들이고 느껴보는 거예요. 저는 이것을 '씨앗'이라고 표현하는데요. 너무나 자연스러워서 느끼지도 못하던 마음의 씨앗들을 일부러 꺼내어 제대로 느껴보는 거예요. 무의식에 있던 것을 의식으로 싹 틔우는 것이죠. 아주 간단한 것부터 해볼게요.

지금 무엇을 보고 있나요?
어떤 소리가 들리나요?
냄새는 어떤가요?

생각보다 간단하죠? 대답을 떠올리며 감각이 조금 열리고 있다면, 그다음에는 조금 더 파고들어 보세요. 당신이 어른이라면 어린 시절과 관련된 감각들을 떠올려 보길 추천합니다. 먼 기억 속 작은 씨앗일수록 강렬한 영감을 불러일으키거든요.

저는 제 아이들이 어렸을 때부터 마음의 씨앗을 찾을 수 있도록 계속해서 질문을 던지는 걸 좋아했습니다. "지금 무얼 보고 있니?" 아이들이 꽃을 보고 있다면 어떤 색과 향기, 무늬인지 꼭 한 번 더 물어봤지요. 노란색 꽃이라고 대답하면 또 한 번 더 물어요. "어떤 노란색?" 그러면 아이는 자신만의 언어로 늘 답을 들려주었습니다. 아아, 이 꽃은 아기 병아리 노란색이구나, 네 여름 티셔츠 노란색이구나, 하고 상대의 시선을 더 이해하게 되었죠.

이렇게 감각을 꼬리에 꼬리를 물고 따라가다 보면 어떤 것은 질문에 답하기 쉽고 또 어떤 것은 유독 답이 망설여지는 것들이 보일 거예요. 보통 그 종착지는 '감정'입니다.

"그 애가 좋아?"
"좋아."
"왜 좋아?"
"그냥."

로맨틱한 대화처럼 보이지만 사실 그냥이란 것은 없어요. 찾지 않은 것뿐이죠. 이때 우리는 한 번 더 파고들어야 해요. "어떤 식으로? 어떤 식으로 좋은데?"

"맛있어? 어떤 식으로?"
"슬퍼? 어떤 식으로?"

‘어떤 식으로?’는 제가 참 좋아하는, 계속해서 던지려고 하는 질문 중 하나입니다. 그 속에 우리가 그토록 기다리던 영감이 있기 때문입니다. 처음에는 더듬더듬 헤맬 거예요. 나조차도 무슨 대답을 하고 싶은 건지 알 듯 말 듯한 두루뭉술함의 세계를 지나 구체적으로 내가 무엇을 말하고 싶은지 깨닫게 되기까지는 시간이 걸리기 마련이거든요. 그렇지만 급할 게 뭐 있나요. 천천히 감각을 열고 당신의 씨앗을 찾아보세요. 끈질기게 질문하고 끈질기게 답을 찾아보자고요.

저는 가사가 절로 쓰인다는 말은 믿지 않습니다. 대신, 절로 쓰일 만큼 훈련한 제 자신을 믿습니다. 당신도 영감을 영감으로만 두지 말길 바랄게요. 질문하고 답하며 노래로 만들어 붙잡아두세요. 혹시 여전히 어렵게 느껴질지도 모를 당신을 위해, 다음 페이지에 훈련용 질문들을 정리해두었습니다. 당신의 마음에 씨앗이 잘 움틀 수 있도록 도와주는 질문들이랍니다.

씨앗 질문들

다음 질문들은 아주 오래전 당신이 심어두었을 씨앗을 찾게 도와줄 거예요. 천천히 기억을 떠올리며 대답해보고 내 노래에 조화시켜보세요.

♪색♬

1. 좋아하는 색이 있나요? 저는 하얀색을 좋아해요.

2. 그 색을 좋아하는 이유는요?

3. "그냥"이라고 답하기 전에 기억을 더듬어보세요. 기다릴게요.

4. 어렸을 때 그 색을 본 기억이 있나요? 있다면 몇 살 즈음인가요?

5. 그 나이의 당신은 그 색을 보고 어떤 기분이 들었나요. 나이를 묻는 이유는 그 나이대의 기억들을 불러오기 위해서예요. 그 색을 떠올리며 따라오는 다른 여러 기억들을요.

6. 지금 그 색을 보면 기분이 어떤가요?

♪냄새♬

1. 어떤 냄새를 좋아하나요? 저는 치자꽃 내음을 좋아합니다. 어릴 때 아빠가 사오신 작은 꽃나무였는데 치자꽃이 피던 그 짧은 시기가 사무칠 만큼 향기롭고 행복했어요. 아마도 어린 제 눈엔 가족 모두가 무사하고 평화롭게 보였나 봐요.

2. 자, 저처럼 그 향기를 떠올리면 생각나는 얼굴이 있나요?

3. 그 얼굴의 표정은 어떤가요?

4. 그 얼굴에게 하고 싶은 이야기를 써보세요.

♪소리♬

1. 어떤 소리가 마음에 평화를 주나요? 제겐 아침에 창밖으로 들려오는 새소리가 그래요. 새들의 지저귐을 들으면 저는 속으로 '조금만 더 잘게' 하고 말하죠. 마치 대화하듯이요.

2. 그 소리가 평화롭게 들리는 이유를 찾아가볼까요? 일종의 마음속 여행이에요.

3. 요즘에도 그 소리를 많이 듣고 있나요?

4. 어떨 때 그 소리가 가장 듣고 싶나요?

♪맛♬

1. 어떤 맛을 좋아해요? 저는 고소한 맛을 좋아해요. 담백하고 질리지 않는 그런 맛이요.

2. 그 맛을 가진 음식을 적어볼까요?

3. 그 음식들에 대한 기억 중 지금 제일 강하게 떠오르는 것이 있나요? 있다면 적어볼까요?

4. 기억 속의 나는, 그 음식에 대해 어떻게 표현할까요?

♪촉감♬

1. 지금 만지고 싶은 것이 있나요?

2. 그 이유는요? 저는 돌아가신 엄마의 손입니다. 살아계실 때 많이 만지지 못했어요.

3. 만지고 싶은 대상의 감촉은 어떤가요? 상상하며 떠올려보세요.

4. 떠올렸을 때, 나는 어떤 표정을 하고 있나요?

TRACK
02.

가사에 몰입한다는 것
: 관찰

어느 오후, 길을 걷다 담 아래로 하얀 민들레가 눈에 들어왔습니다. 입으로 후 하고 불면 금방이라도 날아갈 것 같은 꽃씨가 그날따라 춤을 추는 것처럼 가뿐하고 아름다워 보였어요. 그런 날이 있죠. 평상시에는 그저 주변의 무엇 중 하나였는데 어느 날 내 중심으로 들어오는. 그 길로 저는 바로 도서관에 가서 식물도감을 꺼내 민들레를 찾아봤습니다. 그리고 민들레의 성질을 쭉 나열해서 쓰기 시작했어요. 보통 꽃잎이 날아가는 것은 쉽게 봤지만, 씨앗이 날아가는 건 본 적 드물잖아요. 그런데 민들레는 꽃씨가 여기저기 날아가서 무작위로 땅에 안착하고, 거기서 또 꽃을 피워내죠. 바람에 하나씩 퍼져 어디에 떨어질지 모르는 성질도, 생명체 자체가 어딘가로 떠나 또 다른 생명을 만든다는 성질도 경이로웠습니다. 아, 민들레는 그냥 길가에 있는 당연한 존재가 아니라 아주 많은 근거로 이루어진 결과물이며, '한 송이'라고 표현하는 그 안의 수많은 씨 하나하나가 각자 꽃송이가 될 운명이었던 거예요.

그 후로 저는 식물을 보다 유심히 바라보는 습관이 생겼는데요, 앞서 영감을 붙잡기 위해 시도했던 감각 열기 훈련의 연장선이라고 할 수 있을 것 같아요. 최대한 자세히 보기 위해 다가가는 것, '관찰'을 시작한 거예요. 관찰만 한다면 작은 꽃 하나에도 우주만큼의 쓸 것들이 생겨나니, 안 할 이유가 없었던 거죠. 작사뿐만 아니라 어떤 표현법이 되었든 기본은 관찰일 겁니다. 관찰이 그렇게 중요하냐고요? 그럼요. 작사할 때 관찰이 꼭 필요한 이유 세 가지를 알려드릴게요!

♪♬ 관찰을 하면 꺼내 쓸 게 많아집니다

제주도에 간 어느 날 밤, 바닷가에 누워 하늘을 바라보고 있었습니다. 처음엔 까맣기만 하던 밤하늘에 점차 눈이 적응하며 별들이 하나둘 눈앞에 떠오르기 시작했어요. 별이 하나하나 뜰 때마다 들여다보았죠. 그런데, 어라? 북두칠성을 관찰하는데 원래 알고 있던 것과 조금 다른 점이 발견되었습니다. 북두'칠'성인데, 아무리 세도 별이 '여덟 개'가 보이는 거예요. 어째서 별이 하나 더 보일까? 내가 잘못 본 걸까? 궁금해서 검색해봤습니다. 아니나 다를까, 북두칠성에는 사실 숨겨진 여덟 번째 별이 있다고 인터넷이 알려주더군요. 옛날에 병사들을 뽑을 때도 눈이 좋은 사람을 뽑기 위해 이 여덟 번째 별이 보이는지 시험한 뒤 선별했다고 해요. 만약 가만히 관찰하는 시간이 없었다면, 그리고 바로 찾아보지 않았다면 몰랐을 거예요.

저는 이렇게 제주도에서 북두칠성을 관찰해두었던 것을 나중에 제주도를 위한 노래로 만들게 됩니다. 운명적으로요. 가수 장필순의 <여덟 번째 별>이라는 노래입니다. 당시 제주에서는 아름다운 숲길로 잘 알려진 '비자림'의 삼나무들을 무참히 베어버리고 환경을 훼손하는 공사가 진행되어 논란이 일고 있었어요. 어쩌면 그 나무들은 우리보다 더 오래 제주를 지켜왔겠죠. 그렇지만 어떤 사람들은 시간이 쌓인 것을 쉽게 부수고 맙니다. 그 앞에서 무력감을 느낄 분들을 조금이라도 위로하고 싶어서 가사를 썼습니다. 소중한 것을 소중하게 바라보는 눈을 가진 사람들에게 용기를 잃지 말라는 이야기를 전하고 싶었는데, 마침 여덟 번째 별이라는 소재가 생각난 거죠. 저는 바닷가에 누워 있었을 뿐인데 그때의 관찰이 노래로 확장되었습니다.

작사를 시작하는 분 중 이렇게 토로하는 분들이 있어요. "저는 딱히 생각나는 소재가 없어요.", "내가 지금 사랑을 해요, 뭘 해요? 쓸 게 없네요." 이런 분들에게 특히 관찰을 권하고 싶습니다. 사실 부족한 건 소재가 아니라 관찰일 수 있습니다. 소재는 끝이 없어요. 관찰가의 주머니를 여는 순간 모든 것을 꺼내 쓸 수 있거든요.

♪♬ 관찰을 하면 실수가 줄어듭니다

관찰은 정확히 알게 되는 것입니다. 정확히 알게 되면 틀린 것을 쓰지 않아요. 의구심이 들만한 표현이 줄면 이미지는 선명해지고 비유는 튼튼해집니다. 만약 느낌, 이른바 '삘'대로만 가사를 썼다면 가사를 쓴 뒤 시간을 두고 다시 살펴보세요. 아마 어딘가 튼튼하지 못하고 나약한 구석이 발견될 겁니다. 멋진 비유는 관찰에서 나오죠.

새를 관찰한 적이 있습니다. 민들레가 마음에 들어온 날 식물도감을 펼쳤듯, 새에 관심이 가자 동물도감을 읽게 되더군요. 그때 새의 날개가 유선형으로 생겼다는 사실을 처음 알게 되었습니다. 누군가에게는 당연한 사실일 수 있지만, 저에게는 발견이었습니다. 그러고 다시 새를 관찰해보니 정말 새 날개가 유선형의 비행기 날개와 닮았더라고요. 이 또한 저의 관찰 주머니에 넣어두었죠.

그리고 평소와 별다를 것 없던 아침, 아직 잠이 묻어 꿈인지 생시인지 모르겠는 시간대에 잠시 깼는데 새가 날아가는 소리가 공사장 소음과 함께 들려왔다 날아갔습니다. 그런데 눈을 감고 있어도 그 소리가 마치 유선형으로 날아가는 것 같더군요. 새가 날아가는 소리는 저에게 사람들을 떠오르게 했습니다. 사람도 새처럼 왔다가 떠나고, 또다시 오곤 하죠. 내가 나무라면, 언젠가는 나에게 와서 노래하던 새가 있었을 거예요. 비록 지금은 날아가서 곁에 없는 새지만 작은 발자국들이 나를 짚었던 흔적은 남아 있겠구나, 하는 생각이 들었습니다. 무조건 남아 있죠. 그렇지만 날아가죠. 쓰윽, 하고 유선형으로 말이에요. 그래서 그렇게 날아간 모습 그대로 <유선형의 그리움>이라는 제목의 노래를 만들고 가사를 썼습니다.

> “동그랗게 날아간 / 너를 그리며 / 예쁜 꽃을 피웠지 / 바람이 불 때면 / 잠과 꿈의 사이로 / 스미듯 아침이 오네
> 노래와 소음의 사이로 / 새소리 멀어져가네”

표현에 실수가 줄어든다는 것은 그만큼 우리가 정성스럽게 표현을 궁리했다는 반증이기도 합니다. 그만큼 듣는 이의 감동도 배로 커질 테고요.

♪♬ 관찰을 하면 쓰고 싶어집니다

산앵두를 본 적 있나요? 봄이 되면 산앵두는 아름다운 꽃을 피우는데요. 대부분의 사람들은 꽃이 피는지조차 잘 모를 거예요. (저 또한 그랬습니다.) 식물들을 관찰하기 시작하니 그제야 식물이 무어라 불리는지, 어디에서 왔는지, 언제 피고 지는지 보였습니다. 산앵두의 꽃잎도 보이기 시작하더라고요. 산앵두꽃은 이 세상 것이 아닌 것처럼 예쁘게 피었다가 속된말로 참 지저분하게 집니다. 꽃이 진 자리를 가만 쓸면서 관찰하다가 문득 우리 인생과 닮았다는 생각이 들었어요. 인간관계든, 어떤 프로젝트의 마무리든, 슬픈 헤어짐이든, 심지어 이 세상을 떠날 때든, 질 때도 예쁘게 지면 좋으련만 쉽지 않죠. 그렇게 바닥에 나뒹구는 산앵두 꽃잎을 쓸다가 가사가 쓰고 싶어졌습니다. 아직 발표하지 않은 곡이지만 <꽃이 진 자리>라는 제목도 붙여주었지요. 질 때 지더라도 아름답게 마무리하고 싶다는 마음을 담아서요.

관찰을 시작으로 가사를 쓰는 일은 사소하고 당연한 말처럼 느껴질 수도 있어요. 꽃을 볼 때 '아, 예쁘다' 하고 지나치는 것과 아주 잠시 멈춰 서서 들여다보는 것은 언뜻 비슷해 보일 테지요. 그렇지만 말이에요, 분명 멈춰 서는 순간들이 당신의 가사를 바꿀 거예요. 하루하루 쌓아나간 관찰력이 가사에서 빛을 발하게 될 거예요.

아마 저는 꽃씨가 날아가는 모습, 새의 모양, 별의 숫자, 꽃이 진 자리를 집중해서 관찰하였지만, 그건 저에게 와닿은 부분일 뿐입니다. 우리가 같은 것을 보더라도 당신은 전혀 다른 것을 관찰할 수도 있어요. 그것으로 자신만의 노래를 만들어가면 됩니다.

무엇보다 당신 자신을 그렇게 관찰해보면 좋겠습니다. 관심이 없는 사람을 볼 때 우리는 어떤가요. 아무것도 궁금하지가 않죠. 그런데 내가 사랑하는 사람이라면? 그 사람의 취향과 선호를 전부 알고 싶어집니다. 관찰은 이렇게 몰입하는 일이고 시간과 애정을 들여 탐구하는 일이에요. 그 일을 부디 자신에게도 해주세요. 나만의 노래를 만들기 위해 작사를 시작한 만큼, 스스로를 훤히 꿰어가세요.

요즘 저는 제 안에서 일어나는 자정작용에 관심이 많습니다. 밖에서 다른 사람들에게서 찾지 않고 내 안에서 문제를 해결하는 방식들, 내가 나를 망치지 않으려고 애쓰는 방식들을 살펴보고 있어요. 식물을 기르고 아로마를 배우며 자연에서 또 관찰을 시작하고 있죠. 당신은 어떤 것을 관찰하고 싶나요? 당신에게는 몰입할 수 있는 세계가 있나요? 당신에게만 보이는, 여덟 번째 별은 무엇인가요?

"맑은 날만 보이는 여덟 번째 별
저 하늘 높이 빛나길
저 넓은 도로 밝은 불빛
더 행복한가요?
한번 떠난 아름다움은
돌이킬 수 없어
난 소원하듯 속삭여요
사라지지 말라고
소중한 건 어쩌면 모두
그 시간 속에 있다고"

<여덟 번째 별>

노래. 장필순

작사. 조동희

내 방 관찰 일지

내 방 관찰 일지는 말 그대로 내 방에서 시작합니다. 나에게 익숙한 공간과 사물을 재조명할수록, '이런 게 있었나?' 하고 처음 보는 것처럼 새롭고 생경한 느낌을 극대화해서 느낄 수 있거든요.

1. 이제 주위를 둘러보세요. 시선이 가는 것 하나를 정합니다.

2-1. 그 대상만이 가지고 있는 고유한 특징, 그 대상을 둘러싼 성질을 나열해보세요.

2-2. 나열한 성질 중 나와 닮은 성질을 찾아서 적어보세요.

3-1. 이번에는 대상의 출처를 알아봅시다. 그것이 나에게 오게 된 경위, 관련된 사람, 원래 있던 곳과 제작 연도 등을 떠올리는 거예요.

3-2. 그 출처 중 나의 경험과 비슷한 것이 있는지 생각해보세요. 그것을 바탕으로 대상에 스토리를 만들어보자고요.

4. 대상을 둘러싼 사람들의 이야기인지, 그 대상의 입장에서 쓰는 이야기인지, 또는 이 대상에게 쓰는 건지 시점을 정해요. 2-2와 3-2에서 정한 내용을 바탕으로 가사를 써봅시다.

5. 내 방 관찰 일지가 끝나면, 다음엔 야외로 나가서 관찰 일지를 써보세요.

♪ ♬ 저는 이렇게 관찰했어요

1. 저는 지금 책상 앞에 앉아 있어요. 눈앞에는 찻잔이 보이네요.

2-1. 찻잔은 대부분 둥글고, 따뜻하고, 물이 있다가 비워지죠. 따뜻한 물이 비워지고 난 뒤에도 찻잔은 잠시 온기를 머금고 있습니다.

2-2. 사람도 그렇죠. 누군가 떠난다고 바로 사라지는 게 아니라, 잠시 온기가 남는 것 같아요.

3-1. 이 찻잔은 제가 부산의 한 다도원에서 결심한 물건이에요. 차 마시는 법을 제대로 접한 날이었는데, 그야말로 반하고 말았죠.

3-2. 오래 알고 지냈지만 그 진가를 모르고 있던 상대에게, 갑자기 반한 경험을 가사로 써봐도 좋겠다는 생각이 듭니다.

TIP. 관찰이 어렵게 느껴지면 동요 가사를 한번 살펴보세요. 아이들은 무언가를 늘 관찰하고 있고, 동요는 그런 아이들의 시선을 담고 있거든요.

TRACK
03.

노래의 주인공이 된다는 것
: 작사 프로파일링

관찰 다음은 '상상'입니다. 앞서 우리가 관찰을 바탕으로 영감을 붙잡았다면, 이제는 상상하는 연습을 해 볼 거예요.

당신은 상황에 몰입할 때 어떻게 하나요? 노래의 몰입도를 높이기 위해 저는 가사를 쓸 때, 곡의 분위기와 상황을 파악한 후 주인공을 상상하며 가사를 씁니다. 자작곡의 경우 그 주인공이 저를 기반으로 한 익숙한 사람이 되는 경우가 많다고 해도, 어떤 시절의 어떤 모습을 하고 있는, 또는 어떤 사건을 경험 중인 나인지에 따라 다른 가사가 나옵니다. 혹 의뢰를 받은 곡이라면 해당 가수를 떠올리거나 아예 새로운 세계 속 미지의 캐릭터를 데려오기도 하죠. 그래서 노래에 어울리는 주인공을 상상하고 기록해보는 일이 더 중요해요.

만화 <미생>을 쓴 윤태호 작가님은 생생한 스토리를 위해 발로 뛰며 취재하는 것으로 유명하지요. 캐릭터를 구축할 때도 이런 디테일이 어김없이 드러납니다. 작가님은 엑셀에 등장인물의 연표까지 전부 기록한다고 해요. 프로파일링을 하는 것이죠. 수십 장의 엑셀 속에는 캐릭터들이 겪은 사건들을 나이별로 정리해두어, 연도만 불러도 그때 그 사람들이 겪었을 상황을 바로 상상할 수 있도록요. 주인공뿐만 아니라 조연들도, 허투루 하지 않고 그들의 태어난 고향까지 다 정해놓는다고 해요. 회사 생활을 해본 적 없는 작가님이 우리 곁의 평범한 직장인의 모습을 사실적으로 그려낼 수 있었던 것은 이런 노력 때문이 아니었을까 생각해봅니다.

마찬가지로 가사를 쓸 때에도 화자의 인물 분석, 즉 프로파일링을 끝내놓아야 한다고 생각해요. 설령 그것이 가사에 전부 표현되지 않는다고 해도, 그래서 때로는 귀찮은 작업이라 느껴진대도 성실하게 분석하는 태도는 중요합니다. 가사의 주인공을 구체적으로 그려보는 이 작업은 가까이 보면 아무런 차이가 안 나는 것처럼 보여도, 멀리서 보면 다른 이야기로 빠지지 않고 끝까지 끌고 가는 개연성을 만듭니다. 그리고 어쩌면 이 귀찮은 과정이 있기에 실제 작업 기간은 짧아질 수도 있어요. 예를 들어볼게요.

제가 쓴 곡 중 샤이니 온유가 부른 <Love Phobia>라는 곡이 있습니다. 해외 작곡가의 곡이어서 가이드도 영어로 왔던 기억이 나네요. 하지만 멜로디에서 느껴지는 곡의 분위기는 충분히 인지되었습니다. 온유의 부드러운 목소리로 탄생할, 이별 노래를 써보자고 마음먹었어요. 이때 만약 이 곡의 주인공을 '헤어진 남자' 정도로만 잡았다면, 다른 무수한 이별 노래와 다를 점이 없을 거예요. (평범하고 뻔한 소리, 말 안 해도 이미 당신도 아는 그것, 맞습니다.) 이 곡만이 가진 장점을 더 빛나게 해주는 것이 가사의 역할이기도 한데 말이죠. 그럼 지금부터 윤태호 작가님이 엑셀 작업을 하듯, 저도 이 주인공 프로파일링을 해볼게요.

<Love Phobia>의 주인공은 아주 깔끔한 성격의 남자입니다. 그 깔끔함은 때로는 결벽에 가까울 정도라서 옷, 집, 모든 것이 자신의 기준에 맞추어 정리되어 있어야 하는 사람이죠. 깔끔한 남자의 집은 회색 모노 톤에 가구 수도 적습니다. 침대 옆에 아주 심플한 탁자 하나 정도 놓아두었을 것 같아요. 단호하면서도 에너지를 소모하기 싫

어하고 효율을 추구하는 남자라, 평소 입는 옷 스타일도 검은색과 흰색 같은 무채색 옷이 많아요. 패턴도 없고요. 아마 잘 다려진 슈트를 자주 입겠네요.

이런 식으로 주인공을 프로파일링해서 탄생한 <Love Phobia>의 첫 소절은 이러합니다.

"블랙 코트 화이트 셔츠 / 탁자 위엔 덮어둔 Message"

사랑을 할 때에도 이 남자의 결벽주의적 성격이 드러납니다. 이 사랑을 더럽힐까 봐, 망칠까 봐 불안해하죠. 그래서 상대에게 다가가지도 붙잡지도 못하고 이별을 택합니다. 그저 남으로 남는 것이 더 편한 거예요. 상처받은 마음을 들키기 싫고 간절한 마음을 낭비하기 싫으니까요. 이후에는 아주 자연스럽게 상황이 그려지면서 가사도 이어졌습니다.

"창문 너머 남은 새벽이 / 오늘을 비출 때 / 텔레비전 화면 위로 / 무심하게 쏟아내는 사랑 노래"

누군가를 절절히 사랑했지만 지금은 텅 빈 방, 아무 채널이나 틀려져 있는 텔레비전과 그 옆에 공허하게 창문 밖을 바라보며 서 있는 남자가 그려지나요? 이렇게 주인공을 아주 구체적으로 상상해보는 거예요. 주인공의 성격뿐만 아니라 좋아하는 음식이나 영화, 직업과 자주 가는 동네 등… 사소해 보이는 것도 함께 떠올려봅니다. 이 노래를 부르는 화자에 대한 궁금증을 늘 가지면 좋겠습니다. 어디에 살고 있는지 궁금하다면 거기서 또 조금 더 들어가는 거예요. 혼자 살고 있는지, 빌라에 살고 있는지, 아파트에 살고 있는지, 반지하인지, 아니면 고층인지까지도요.

자신의 이야기라 하더라도 똑같아요. 오히려 익숙하고 잘 알고 있기에 훨씬 빠르게 주인공의 프로필이 만들어지죠. 저를 주인공으로 두고 쓴 노래 중에 <종이 피아노>란 곡을 예로 들어볼게요.

> "골목길 돌아 높은 담 / 피아노 소리 따라 / 저도 모르게 가슴이 설레어오던 / 작은 소녀"

이 곡은 피아노 있는 집을 부러워하던 어린아이가 주인공입니다. 바로 제 얘기인데요. 피아노가 갖고 싶었지만 가질 수 없어서 피아노를 연주하는 척 종이 건반을 가지고 놀던 어린 날의 제 기억을 가사로 풀어낸 곡이에요.

아마 그냥 '결핍 있는 소녀'라는 키워드만 가지고 썼다면 조금 더 평면적인 이야기가 나왔을 것 같습니다. 지금부터 제가 이 주인공을 어떻게 설정했는지 잠깐 들려드릴게요. 이 아이는 며칠째 같은 옷을 입고 있습니다. 머리는 길고 부스스해요. 아무래도 어른의 보살핌을 많이 받지 못한 모습인 것 같습니다. 열 살 정도 되었고요. 취미는 혼자 공상하는 것입니다. 들키고 싶지 않은 것이 많아서 그저 속으로 생각만 하는 것 같기도 해요. 노는 것도 혼자 합니다. 소녀의 유일한 장난감은 '종이 피아노'입니다. 집에 진짜 피아노를 살 돈은 없었어요. 어느 날 소녀는 혼자 놀다 낯선 동네의 골목길로 접어들었고, 높은 벽돌담으로 만들어진 부잣집에서 피아노 소리를 듣게 돼요. 그곳엔 진짜 피아노 소리가 들려옵니다. 소녀는 부러워요. 저 피아노를 연주하는 사람은 어떤 사람일까, 생각해요. 성냥팔이 소녀가 성냥불로 들여다본 집처럼 아늑한 가정, 완벽한 가족일 거라 짐작해보기도 합니다.

"갖고 싶던 것 / 보고 싶은 사람들 / 가득 담긴 / 종이 피아노"

사실 소녀가 부러워한 것은 단순히 종이 피아노가 아니라 사람들의 온기였던 것 같아요. 어쩌면 떠나간 누군가를 그리워했을 수도 있고요. 이렇게 '결핍 있는 소녀'는 '종이 피아노를 연주하며, 가지고 싶지만 가지지 못한 것과 보고 싶지만 보지 못하는 사람들을 불러보는 소녀'가 되었습니다.

제 경험임에도 불구하고 그냥 써 내려가는 것보다 프로파일링 과정을 거치자 가사에 이야기를 더 깊이 녹여낼 수 있었습니다. 프로파일러가 된 것처럼 구체적으로 인물을 상상해보세요. 제가 작사할 때 자주 사용하는 방법인데요, 노래 속 인물과 가상의 인터뷰를 한다고 생각하는 거예요. 꽤 재밌답니다. 더불어 당신이 살아보고 싶었던 인생의 주인공을 가사로 써보는 것도 해보시길 추천합니다. (그 주인공이 꼭 사람이란 법도 없지요. 동물이나 식물일 수도, 어쩌면 사물이어도 됩니다.) 기억하세요. 노래의 주인공을 만들기 위해 준비한 모든 것이 가사에 다 드러나지 않아도 됩니다. 알아두기만 해도 달라요. 프로파일링한 것 중 10분의 1만 꺼내도 디테일이 나오고 이 곡만의 설득력이 생깁니다. 가사를 쓰는 것은 가사 속 주인공을 만드는 것. 주인공만의 코드를 심어주는 것입니다.

소설이나 시나리오 등 다른 문학과 다르게 작사에서의 인물 분석을 예상치 못한 분들이 있겠지만, 똑같습니다. 노래도 어느 정도는 허구잖아요. 픽션을 만들어내야죠. 그 속에 중심을 잃지 않고 정확하게 서 있으려면 이 노래의 주인공은 누구인지 잘 잡는 것이 중요합니다. 때로는 내가 살아보지 않은 삶을 살아내야 하니까요.

작사 프로파일링 노트

만화책 맨 첫 페이지를 열면 '등장인물' 코너가 나오잖아요. 우리도 작사를 하기 전, 등장인물부터 묘사하고 소개해보도록 해요.

♪ 이름

♪ 성별

♪ 나이

♪ 직장과 직업

♪ 재력

♪ 취미

♪ 종교

♪ 좌우명과 가치관

♪ 외모와 스타일

♪ 사는 곳

♪ 가족 관계

♪ 친구 관계

♪ 연인 관계

♪ 좋아하는 음식

♪ 좋아하는 음악

♪ 좋아하는 영화

♪ 좋아하는 책

♪ 좋아하는 공간

TRACK
04.

감정을 싣는다는 것
: 사랑 빼고 사랑 쓰기

가수들은 사랑을 시작할 때와 사랑이 끝났을 때 노래가 잘 나온다는 속설을 들어보셨나요. 어느 정도는 사실입니다. 뮤지션들 사이에서도 "그때 나온 곡으로 우리가 먹고 사는 거야!" 농담처럼 말하곤 하지요. 원래 무언가 진행 중일 때보다는 (작사, 작곡, 보컬 어느 분야든) 시작과 끝에 노래가 잘 나오죠. 그때의 감정이 가장 강렬하기 때문일 텐데요. 그렇지만 곡의 완성도를 위해서 매번 사랑을 시작하거나 매번 이별을 맞이할 수는 없는 노릇이에요.

창작자는 이야기를 쓰기 위해 온 마음을 다 사용합니다. 제겐 <동쪽 여자>라는 노래를 작사할 때가 그랬답니다. 제 이름 '동희(東姬)'를 한자 풀이하면, '동쪽 여자'

라는 뜻이에요. 제목에 맞게, 정말 제 자신을 한번 다 끄집어내어 가사를 썼죠. 참 많이 울었습니다. 엉엉 울었어요. 앞에서 훈련했던 것처럼 유년 시절 묻어둔 씨앗 같은 기억과 마음들을 열어보고 나니 마음이 한결 후련해지더라고요. 이렇게 가사를 쓰려고 준비하는 과정에서 묵은 감정을 꺼내놓고 나면, 정작 가사 자체에는 그 모든 감정을 다 욱여넣지 않습니다.

이렇게 쓴 노래는 꼿꼿하게 앉아 연필로 사각사각 쓴 가사가 아니라, 엎드려 울부짖고 토해낸 가사입니다. 그렇지만 감상은 관객, 독자, 청자의 몫이기에 전달하는 메신저로서 너무 많은 정보를 노출하지는 않으려고 노력합니다. <동쪽 여자> 가사도 그래요. 직접적으로 나 슬퍼요! 나 외로웠어요! 하고 말하지 않아요. 펑펑 울고 난 후의 담담한 자기 고백만이 남아 있죠.

가수 김사월이 쓰고 부른 노래 중 <접속>이라는 노래가 있습니다. 노래 속에서 '나'는 '당신'의 꿈속으로 접속하고 싶을 만큼 함께 있고 싶어 합니다. 혼자 남는 시간은 조금 두렵고 공허한 것 같다고 솔직하게 이야기하죠. 이때 김사월은 너랑 함께 있으니까 너무 좋아, 라고 할 수 있었을 말을, 너와 함께라면 인생이 빠르게 지나갈 것 같다고 표현했습니다. 사랑에 대해 쓸 때, 이별에 대해 쓸 때, 직접적인 단어를 쓰지 않고도 그 마음을 표현할 수 있다면 정말 멋진 가사가 탄생하게 되는 거죠.

가수가 목소리에 감정을 실어 노래하고 배우가 감정을 실어 연기하듯 작사가도 가사를 쓸 때 감정을 싣습니다. 그렇게 감정을 썼다면 다음 단계는 그 감정의 단어만 지워보는 거예요. 외롭다를 지웠을 때 외로움이 보입니다. 슬프다를 지웠을 때 슬픔이 보여요. "영원히 사랑해"라는 말을 쓰지 않음으로 인해 그사이에 숨은 영원을 발견할 때, 사람들은 귀를 열기 시작합니다. 가사에 감정을 마음껏 표현하되, 아낄수록 더해지는 표현도 있음을 기억해 주세요. 내가 앞서는 게 아니에요. 노래가 앞서야 합니다.

"내 이름은 동쪽 여자

동쪽에서도 동쪽에 살았지

어리고 여렸지

혼자인 채 시간을 버틸 때

아무런 준비도 없이

어른이 되어버렸네"

<동쪽 여자>

노래. 조동희

작사. 조동희

사랑 빼고 사랑 쓰기

사랑이라는 단어를 사용하지 않고 사랑이 가득 담긴 가사를 표현해보세요.

슬픔 빼고 슬픔 쓰기

슬픔이라는 단어를 사용하지 않고 슬픔이 가득 담긴 가사를 표현해보세요.

♪♬ 저는 이렇게 썼어요

사랑 빼고 사랑 쓰기

"온몸에 스며든 너의 입자"

<사랑을 사랑하게 될 때까지>

노래. 한영애 / 잔나비 최정훈

작사. 조동희

사랑을 할 때 상대방의 모든 것이 내게로 전이되어 오는 느낌이에요. 그 사람의 표정, 말투, 사상, 기호… 모든 것들이 고운 입자처럼 내게 스며들죠.

슬픔 빼고 슬픔 쓰기

"추억이 아프게 몸을 부비며 / 깨어진 조각을 끌어모은다"

<슬픔이 지나간 자리>

노래. 이승열 / 스텔라장

작사. 조동희

추억들은 이미 지나간 순간부터 부서져 파편이 되어버립니다. 어떤 추억은 일부러 그렇게 깨버린 것일 수도 있고요. 어느 날은 슬픔을 감수하고라도 그 조각들을 다시 붙여보려 합니다.

TIP. 그래도 여전히 사랑 빼고 사랑을 쓰는 것이 어렵다면, 사랑이라고 말하기까지의 과정을 먼저 떠올려보세요. 시작과 끝 말고요. 당신은 종일 상대의 표정이 아른거리고 이런저런 뒤척이는 밤들을 보냈습니다. 자꾸만 연락하고 싶고 지금은 무얼 하고 있는지 궁금하죠. 보고 싶고, 생각나고, 기다리고, 알고 싶어요. 그 과정을 거치고 난 다음, '나 그 사람을 좋아하나 봐'가 나올 거예요. 그리고 그다음에 '사랑인가 봐'가 나오죠. 우리는 사랑의 전 단계로 가야 합니다.

TRACK
05.

엽서 한 장의 가사

지금까지 당신은 가사를 쓰기 위해 관찰하고, 주인공을 상상했으며, 감정은 어떻게 잡아야 하는지 다람쥐가 도토리를 모으듯 하나씩 차곡차곡 익혔어요. 이제는 그동안 모은 도토리를 잘 먹어야 할 때! 가진 재료를 노래 안에 어떻게 집어넣으면 좋을지 고민해봅시다. 이 순간이 오면 저는 넓게 풀어놓은 보자기를 다시 작게 묶는 상상을 하며 탄식하곤 해요. "아, 이것이 작사의 운명이로구나."

불필요한 가사를 버리고 버려서 더이상 버릴 게 없는 상태가 되는 것, 그것이 노래의 완성이자 작사의 운명입니다. 이게 어디 말처럼 간단한가요. 당장 오늘 하루만 해도 당신에게 얼마나 많은 일이 벌어졌겠어요. 그러니 인생을 담아낸 노래라면 무릇 거창하고 대단해야 할 것 같은데, 저는 당신에게 자꾸 버리고 덜어내라고 하네요.

물론 욕심껏 작사하는 태도도 중요합니다. 많은 내용을 다 담아 잘 쓰는 작사가도 있고요. 하지만 우리는 작사를 시작하는 단계니까 작은 것부터 시작해보면 좋겠어요. 지금부터 엽서를 떠올려보세요. 엽서 한 장에 담길 그림이라고 생각하고 가사를 완성해보는 겁니다. 손바닥만 한 크기의 엽서 딱 한 장에요. 작은 엽서에 너무 크고 많은 그림을 그릴 수 없듯, 가사에도 딱 필요한 것만 집어넣게 될 거예요.

제가 먼저 예를 들어보겠습니다. 오늘 본 것을 가지고 가사를 써볼게요. 제 앞에는 빨간색 커튼이 있습니다. 날은 서늘한데 해는 쨍쨍하네요. 오후라 그런지 햇살이 커튼 사이로 아주 깊고 날카롭게 들어와요. 햇살이 만들어낸 비스듬한 빛의 선을 보고 있자니 꼭 빗살무늬 토기가 생각납니다.

이렇게 단어 하나에 생각이 확장되고 이미지가 떠오릅니다. 그럼 딱 멈추어 그 장면을 포착해요. 방을 나가서 온 동네를 돌아다니지 않아도 됩니다. 어떤 한 순간, 한 장면을 세밀하게 묘사하는 것만으로 충분해요. 이를테면 저는 지금 제 방 풍경을 이렇게 엽서 한 장으로 남겨두겠습니다. "붉은 커텐을 따라 가을 햇살이 빗살무늬처럼 들어오네."

한 장의 풍경이 잘 그려지는 가사들이 있습니다. 좋아하는 노래 중에 AKMU(악뮤)의 <어떻게 이별까지 사랑하겠어, 널 사랑하는 거지>는 연인과 함께 길을 가다 잠시 멈춰 헤어짐을 그려보는 시선으로 시작해요. 어느 조용한 골목, 연인의 뒤를 따라 걷는 주인공의 모습이 엽서처럼 담깁니다.

한국인이 가장 사랑하는 노랫말이라는 이소라의 <바람이 분다>는 또 어떤가요. 실연을 당한 주인공은 머리를 자릅니다. 돌아오는 길에 텅 빈 풍경 속으로 바람이 불어오고 눈물이 떨어집니다. 주인공의 짧아진 머리카락 사이로 드러난 목덜미에 서늘한 바람이 부는 게 눈에 보이는 것처럼 그려지지요.

작사의 운명 앞에서 절망을 느끼다가도 이런 가사들을 만나면 이게 작사의 묘미지! 하고 마음을 고쳐먹고 맙니다. 가로세로 낱말 퍼즐을 맞추듯 정해진 음절 안에서 멜로디와 목소리를 가장 돋보이게 해줄 글을 쓰는 것, 얼마나 짜릿한가요.

영화의 한 장면을 만든다고 생각해봐도 좋아요. 만약 '외로움'에 대해 작사가 아니라 영화를 찍는다고 가정해봅시다. 제가 영화감독이라면 주인공의 그렁그렁한 눈을 클로즈업해서 찍을 거예요. 불안하게 떨리는 감정을 전달하기 위해 일부러 카메라도 고정하지 않고 손에 들고 찍고요. 앵글은 제 눈높이 정도가 좋겠네요. 앞에 앉아서 바라보는 느낌이 들 것 같으니까요. 카메라가 찍히는 공간은 텅 비우고, 조명은 조금 어둡게 가겠습니다. 인물은 단 한 명, 주인공 혼자 우뚝 서 있습니다.

영화는 프레임 속에 어떤 것을 두고, 어떤 것은 두지 않을지 결정해야 하는 일의 연속이에요. 배경, 인물, 조명, 의상, 분장, 카메라의 움직임까지 전부 적재적소에 배치하는 게 중요하죠.

작사도 비슷합니다. 노래에 가사를 적재적소에 배치하는 일이니까요. 어떤 장면을 포착하고 싶은지 구상해보세요. 디테일이 살아 있을 때 클리셰가 아니라 나만의 가사를 쓸 수 있을 거예요.

당신이 쓸 가사는 어떤 풍경을 남기게 될까요. 어떤 엽서를 갖고 싶나요. 흑백 소묘처럼 정갈한 엽서일지, 수채화처럼 촉촉한 감수성이 담긴 엽서일지 모르겠으나 무슨 장면이 되었든 당신 삶의 명장면을 담아주시길 부탁합니다.

1. 노래의 주인공은 누구인가요? 몇 명이 등장하나요?

2. 사람이 아니어도 좋습니다. 풍경이나 사물, 동식물도 좋아요. 당신의 이야기만 담긴다면요.

3. 이번 장면의 스토리가 어떻게 되나요?

4. 연출은 어떤가요. 자세하게 묘사해보세요.

5. 주인공의 감정선은요?

6. 어떤 부분을 확대해서 보여주고 싶나요?

7. 앞에서 정리한 내용 중 꼭 필요한 것만 남깁니다. 한 장의 엽서, 한 컷의 신으로 만들어 가사로 써보세요. 그림으로 표현해도 좋습니다.

♪ 작사 원칙 3가지 ♬

4TH ALBUM

작사에 정답은 존재하지 않지만, 메시지를 훨씬 효과적으로 전할 수 있는 방법은 분명 있습니다. 지금부터 제가 30년간 작사를 하면서 터득한 저의 작사 3원칙을 알려드릴게요. 절대 정답은 아닙니다. 다만 당신이 작사할 때 이 원칙들이 작은 길잡이가 되어줄 거예요.

♩ ♪ ♬

TRACK
01.

작사 원칙 1.
쉬운 말로 낯설게 표현해요

누군가 가사가 무엇이냐고 물으면 저는 귀로 듣는 문학이라고 정의하고 싶습니다. 가사는 시나 산문, 소설처럼 개별적이지 않고 멜로디와 하나가 되어 완성되는 문학이에요. 멜로디와 잘 어우러질수록 힘이 세지기 때문에 입으로 쉽게 내뱉어지는 가사, 애써 암기하지 않아도 저절로 외워지는 가사를 쓰는 게 좋죠.

어려운 말을 쓴다고 다 좋은 가사는 아니에요. 저는 같은 말이라도 쉽게 풀어내어 보편적인 정서를 노래하려고 하는데요. 논문처럼 특정 대상을 위한 글이 아니라면 조금이라도 더 많은 분에게 들릴 수 있도록 하는 것이 작사가의 역할이라고 생각하기 때문입니다.

여기서 잠깐, '보편적인 것'과 '무난한 것'은 완전히 다릅니다. 작사에서 무난하다는 표현은 좋지 않아요. 사실 저는 무난하다는 말이 제일 서글픕니다. 무난하다는 건 다른 사람들도 다 했다는 뜻이거든요. 그걸 굳이 내가 똑같이 반복할 필요가 없죠.

그래서 가사에서는 쉬운 말을 쓰는 동시에 '낯설게' 표현하는 것이 중요합니다. 보편적인 정서를 포함한 쉬운 말은 그대로 두되, 그것을 조금은 색다르게 표현하면서 감정을 끌어올리는 거예요. 예로, 제가 쓴 곡 중에 <애틋하다>라는 노래를 들어볼까요. 이 곡은 사랑하는 사람과의 행복한 한때 속 피어나는 슬픔을 담은 노래입니다.

저는 이 노래를 쓸 때 슬픔만큼 쉽지만 슬픔보다 낯선 표현을 고민하다 '애틋하다'는 단어를 떠올렸습니다. 가슴 끝이 저릿저릿한 느낌, 그것은 애틋함이더라고요. 이어서 애틋함의 장면을 엽서 한 장에 담을 것만 남겨보니 내 무릎을 베고 누운 연인이 그려졌습니다. 햇빛에 연인의 얼굴은 붉게 상기되고, 날씨는 대조적으로 무척 푸르른 장면이에요. 가사 속 주인공은 그 모습을 오래오래 기억하려고 노력합니다. 이렇게 예쁜 사람을 다시는 못 볼 수도 있겠지, 이렇게 화창한 날도 더는 공유할 수 없으면 어쩌지, 하고요.

> "청포도색 하늘이 / 너의 자몽빛 볼이 / 애틋하다 애틋하다 / 나의 아픔 아는 듯이 / 속삭이는 너의 노래"

만약 이 자리에 '푸른 하늘'과 '발그레한 볼'이라는 가사를 썼다면 그것은 전혀 낯설지 않은, 어쩌면 당연한 가사일 겁니다. 그런데 <애틋하다> 속 가사는 조금 독특하죠. 과일의 색으로 그것들을 표현했으니까요. 늘 보던 사람의 얼굴, 늘 떠 있던 하늘인데 끝을 생각하는 날은 무척 선명하게 기억될 겁니다. 이때 하늘은 꼭 '파란색'이어야 할까요, 얼굴은 꼭 '빨간색'이어야 할까요? 같은 것을 표현해도 조금 다르게 써보는 것. 이것이 제가 생각하는 작사 1원칙입니다.

쉬운 말로 낯설게 표현하면 듣는 이의 기억에 오래오래 남습니다. <애틋하다>라는 노래를 듣고 기억해주는 분 중 많은 분이 이렇게 말합니다. "아, 그 노래 뭐였죠? 그 청포도… 자몽… 그거 뭐죠?", "청포도색 하늘 너무 좋아요!" 저는 그때마다 무척 기뻐서 속으로 앗싸, 하고 외칩니다. 간직해줬으면 했던 부분을 간직해주시는 거니까요.

존경하는 문학평론가 황현산 선생님은 써놓고 상투적이라 생각되면 버리라는 말씀을 하신 적이 있습니다. 정성 없는, 사유하지 않은, 글자 수만 맞춘 가사라고 '스스로' 생각된다면, 그런 표현은 주의하는 것이 좋습니다. 그런 가사가 가슴을 건드릴 리는 만무할 테니까요. 어린아이도 어르신도 다 알아들을 수 있도록 말을 걸어보세요. 다만, 아주 익숙하지는 않은 얼굴로요.

부는 바람에 맘을 풀어놓고
나부끼는 대로 바라본다
이런저런 우리 오해들이
뒤엉키고 또 풀리는 시간

무릎을 베고 누운 머릿결
반짝 글썽이는 네 눈빛은
순간순간 출렁이며 올라
내 마음을 넘치게 해

환하게 웃는 모습에
나도 따라 웃게 될 때
아직 내가 생생히 살아 있다는 게
느껴질 때

날 웃게 하고 변하게 하고
아쉽게 하고 행복하게 하는 사람
애틋하다 애틋하다
청포도색 하늘이 너의 자몽빛 볼이
애틋하다 애틋하다
나의 아픔 아는 듯이
속삭이는 너의 노래

환하게 웃는 모습에

나도 따라 웃게 될 때

아직 내가 생생히 살아 있다는 게

느껴질 때

날 웃게 하고 변하게 하고

아쉽게 하고 행복하게 하는 사람

애틋하다 애틋하다

청포도색 하늘이 너의 자몽빛 볼이

애틋하다 애틋하다

나의 아픔 아는 듯이

속삭이는 너의 노래

<애틋하다>

노래. 조동희

작사. 조동희

낯설지만 쉬운 말

가사에 정답은 없지만, 그래도 쉽고 낯설게 쓰기에 도움이 되는 방법을 꼽자면 김소연 시인의 책을 읽어보시길 추천합니다. 그중에서도 『마음사전』, 『한 글자 사전』은 누구나 아는 평범한 단어를 김소연 시인의 시선으로 새롭게 정의한 책으로, 기존의 사전적 정의가 아닌 자기만의 표현을 연습해보기 좋습니다.

"귤: 한 봉지. 아버지가 퇴근하여 현관문을 열 때 찬바람과 함께 가져오던 것"(p.43)

『한 글자 사전』(마음산책), 김소연

우리도 새로운 정의를 내려볼까요. 다음 단어들을 당신만의 언어로 낯설지만 쉽게 풀어보세요.

1. 하늘:

2. 바다:

3. 숲:

4. 봄:

5. 여름:

6. 가을:

7. 겨울:

TRACK
02.

작사 원칙 2.
시대를 타지 않지만, 시대정신을 담아요.

음악 선배이자 동료, 그리고 제 가족이기도 한 가수 조동진 님이 이런 조언을 건넨 적이 있어요. "네 나이에 할 수 있는 이야기를 뛰어넘으려 하지 마라." 저는 이 말을 아주 오래 되새기고 있습니다.

노래를 만든다는 것은 돌이킬 수 없는 기록이 남는다는 것이기에 오래오래 불릴 수 있는 가사를 쓰려 합니다. 유행어, 줄임말보다는 어느 시대에 들어도 괜찮은 언어를 사용하는 편이지요. 다만 어른처럼 신세한탄을 늘어놓는 아이를 보면 어색하게 느껴지듯, 그 나이와 그 시절에만 쓸 수 있는 감성은 분명 중요하게 존재해요. 제가 되새기고 있는 조언도 그런 맥락이겠지요.

고백건대 한때는 '요즘 노래'에 편견이 있었습니다. 요즘은 실제 브랜드명이나 욕설도 가감 없이 가사에 담기도 하더라고요. 10대인 저희 아이들은 그게 '힙'한 거라고 했지만, 저는 조용히 다음 트랙 버튼을 누르곤 했지요.

한번은 차를 타고 가던 중이었어요. 아들이 요즘 빠진 노래가 있다며 틀더군요. 운전대를 잡아 손발이 묶인 저는 어쩔 수 없이 아들이 들려주는 대로 들을 수밖에 없었는데요. 무심코 가사가 귀에 들어왔습니다. 가족을 아끼면서도 걱정하는 마음 때문에 일부러 마음과 달리 힘주어 말하는 주인공의 목소리에 주책맞게 눈물이 나더라고요. 그런데 곧 아들이 알려준 제목을 듣고는 놀랐습니다. 알고 보니 이 노래는 제가 음원 차트에서 몇 번이나 봤지만 제목이 너무 자극적이어서 듣지 않고 지나쳤던 곡이었더라고요. 이렇게 따뜻하고 눈물 나는 노래일 줄은 몰랐네요. 그때 반성했습니다. 노래에만큼은 색안경을 끼지 말자고요.

시대에 따라 가사의 트렌드는 달라집니다. 저는 요즘 10대처럼 솔직하게 쓰거나 똑같이 쓸 수는 없다고 생각해요. 하지만 트렌드 자체를 부정적으로 보지는 않습니다. 사람들이 좋아하고 반응하는 것이니까요. 거기엔 분명 이유가 있으니까요. 너무 빠른 유행은 피하되, 시대를 담는 것은 필요해요. 오래된 일기장을 펼치는 순간 그 시절로 당장 돌아갈 수 있듯, 먼 훗날 지금 이 순간을 돌이켜보았을 때 당신의 노래가 이 시절의 당신을 만나게 해줄 수도 있으니까요.

트렌드에 따라 같은 내용이라도 형태가 조금씩 달라지기도 합니다. 만일 지금 사랑을 전하는 방법을 가사로 쓴다고 가정했을 때, 제가 쓴다면 "문자를 보내"라고 했을 것이 요새는 "톡을 보내"라고 쓰일 수도 있겠네요. '카톡'과 'DM' 같은 말이 소위 먹히는 건, 어찌 보면 당연합니다. 음원 차트의 주류세대에게는 자신을 대변하는 노래일 테지요. 전 이렇게 쓰지 않지만 후자가 지금 시대를 더 잘 그려내는 것일 수도 있다고 생각합니다. 그리고 아마 더 예전에는 "편지를 보내"가 있었겠지요.

70년대 노래 중에 가수 송창식이 부른 <밤눈>이라는 노래가 있습니다. 소설가 최인호가 작사한 곡인데요. 제목처럼 밤눈이 내리는 장면이 등장합니다. 한밤중에 내리는 눈은 고요하고 무겁습니다. 그 속에는 눈발에 묻히지도 않고 계속해서 흐느끼는 이야기가 있습니다. 송창식은 아직 그 흐느낌이 얼지 않았거든 꺼내서 들고 오리라 노래하지요.

이때 휴대폰이 있었겠어요, 컴퓨터가 있었겠어요. 헤어지면 만날 길은 있었을까요. 다시 못 볼 수도요.

편지조차 보내지 못하고 "들고 오리다"는 말로 표현하는 이 노래를 들을 때면 괜히 그 시절의 감성에 접속하는 것 같아 촉촉해집니다. 지금은 여러 방식으로 만나고 헤어질 수 있으니 애틋함이나 막막함의 깊이가 조금 다를 수도 있겠지요. 그렇지만, 그 사이에서도 변하지 않고 마음을 건드리는 것을 찾아서 가사로 적어보세요. 제가 차에서 듣고 눈물 흘렸던 노래처럼요. <밤눈>에서의 걸음이 문자가 되고 지금은 카톡이 되더라도, 시대는 사랑을 노래합니다. 그러니 여전히, 어디에도 사랑이 있는 게 아닐까요.

TRACK
03.

작사 원칙 3.
디테일은 살리고, 군더더기는 없애요

노래가 생명체라면 가사는 숨입니다. 숨을 잘 불어넣어야 노래는 오래오래 생명력을 띠고 살아남습니다. 앞서 엽서 한 장에 그림을 그리듯, 영화 속 한 장면을 찍듯 가사를 써봤다면 이제는 구체적인 표현을 실습해볼 차례입니다.

지금부터 문법적인 이야기가 많이 나올 예정입니다. 예전에 우리가 학교 다닐 때 국어 시간에 전부 배웠던 것들이니 너무 어렵게 생각하진 말아요. 역시나 차근차근 발맞춰 가보자고요. 우선, 가사의 생동감을 살리는 방법 세 가지를 알려드릴게요.

♪♬ 하나. 오감을 사용해볼까요

멋지고 세련된 가사를 들을 때 '감각적이다'고 말하는 건, 그 가사가 우리의 감각을 건드리기 때문일 거예요. 시각, 청각, 후각, 미각, 촉각의 다섯 가지 감각을 잘 묘사할수록 감각적인 가사에 가까워집니다. 나아가 공감각도 연습해보세요. 오감 중 하나의 감각이 다른 영역의 감각을 불러일으킬 때, 그때 일어나는 독특하고 선명한 인상을 공감각적 심상이라고 하는데요. 가사에도 공감각을 사용해 뻔하지 않은 나만의 개성 넘치는 표현을 만들어보는 거예요. 저는 장필순 8집 타이틀곡 <집>을 작사할 때 "풀빛 이슬 냄새(시각과 후각)", "향기로운 그대의 멜로디(후각과 청각)" 같은 공감각적 표현을 사용했어요.

"풀빛 이슬 냄새 / 새벽 별들이 쉬어가는 곳 / 저기 날 부르는 / 조그만 대문 느린 그림자 / 거친 손끝에는 / 향기로운 그대의 멜로디 / 멀리 불어오는 / 바람의 노랠 가슴에 담네"

<집>

노래. 장필순

작사. 조동희

♪♬ 둘. 의성어 의태어를 사용해볼까요

의성어는 소리를 흉내낸 말, 의태어는 모양을 흉내낸 말을 뜻해요. “주렁주렁 달린 과일을 따 한입 베어 먹었더니 아삭아삭했다”고 표현할 때, ‘주렁주렁’은 의태어, ‘아삭아삭’은 의성어입니다. 가사에 의성어와 의태어를 사용하면 상황이 머릿속에 그려지듯 직관적으로 우리 마음에 와닿아요. 발음 또한 아름답고 잘 각인되지요.

♪♬ 셋. 구체적인 이름을 사용해볼까요

가사에 쓴 단어를 구체적인 명칭으로 바꿔보세요. 예를 들어 ‘디저트’라는 단어 대신 ‘와플’, ‘딸기’를 써보는 것처럼, 넓게 퍼져 있던 표현을 뾰족하게 다듬어보는 거예요. 때로는 상호명도 괜찮습니다.

생동감을 살렸다면 이제 가사를 매끄럽게 만드는 방법 다섯 가지를 함께 익힙시다.

♪♬ 하나. 주어를 생략해볼까요

가사에 주어가 반복해서 나오면 집중력을 떨어뜨리고 내용이 혼란스러우며 아름답지 않아요. 내가 나인 것은 이미 다 알고 있습니다. 일부러 의도해서 반복하려는 게 아니라면 주어를 생략해보세요!

♪♬ 둘. 도치법을 사용해볼까요

정상적인 언어 배열 순서를 바꾸어 놓음으로써 강한 인상을 주려는 표현 기법, 도치법입니다. 대체로 시나 노랫말에 많이 쓰이는 기법이에요. 우리가 절실한 감정을 나타낼 때에는 흔히 행동이나 상태를 나타내는 말을 우리도 모르게 문장의 맨 앞에 놓게 되는데요. 작사도 마찬가지입니다. "어서 돌아와"라는 문장을 "돌아와, 어서"처럼 순서를 바꿈으로써 문장에 분위기를 줄 수 있죠.

"수많았던 날 속에 / 단 한 번도 없었어

내 맘속에 가득히 / 남은 널 지워줄 사람"

<몇 년이 흘러>

노래. 윤종신

작사. 조동희

♪♬ 셋. 어미를 바꿔볼까요

이유를 나타내는 표현 하나에도 ~하여서, ~하기 때문에, ~하니까, ~하므로, ~하느라고 등 다양한 어미를 사용할 수 있어요. 내가 전하고자 하는 메시지의 톤을 고려해 가사와 잘 어울리는 어미를 골라주세요.

♪♬ 넷. 문장의 마지막을 명사로 바꿔볼까요

우리는 일기를 쓸 때 어떻게 하나요. "아침에 일어났다. 밥을 먹었다. 일했다. 참 보람찼다." 전부 '다'로 문장을 끝내는 경우가 많을 거예요. 가사를 쓸 때는 내 가사가 꼭 일기를 그대로 가져온 것 같지는 않은지 주의해요. 문장을 동사로 끝맺지 말고, 명사로 끝내는 연습을 추천합니다.

"베개말에 불러주던 노래 / 모든 벽엔 너의 그림 / 기억나지 함께 찾던 별자리 / 손바닥에 적어준 시"

<꽃사과>

노래. 조동희

작사. 조동희

♪♬ 다섯. 핵심만 남겨볼까요

문장에서 꼭 필요한 키워드만 남기고 나머지는 가지치기를 해보세요. 특히 '은/는/이/가' 같은 조사는 가사에서 지워도 생각보다 자연스러울 거예요. 오히려, 이미지가 선명해지죠. 다음 페이지에 실습해볼 만한 표현들을 준비했습니다.

여기 아주 어색한 네 줄의 가사가 있습니다.

- 나는 너를 사랑했어
- 나는 나의 너를 보냈던 거야
- 그대는 나를 싫어하나요
- 나는 우리 걸었던 그 거리를 지나며 우리의 지난날을 생각했어

자, 이 문장들을 음악적인 문장으로 바꿔볼까요?

1. 주어를 생략해볼까요.

2. 도치법을 사용해볼까요.

3. 어미를 바꿔볼까요.

4. 문장의 마지막을 명사로 바꿔볼까요.

5. 핵심만 남겨볼까요.

♪♬ 저는 이렇게 바꿨어요

1. 주어를 생략해볼까요.

- 너를 사랑했어

- 나의 그대를 보냈던 거야

- 나를 싫어하나요

- 우리 걸었던 그 거리를 지나며 지난날을 생각했어

2. 도치법을 사용해볼까요.

- 사랑했어, 너를

- 보냈던 거야, 나의 그대를

- 싫어하나요, 나를

- 지난날을 생각했어, 우리 걸었던 그 거리를 지나며

3. 어미를 바꿔볼까요.

- 너를 사랑했을지도

- 나의 그대를 보낸 걸까

- 나를 싫어하니

- 우리 걸었던 그 거리를 지나며 지난날을 생각한다면

4. 문장의 마지막을 명사로 바꿔볼까요.

- 너를 사랑하는 나

- 그대 보낸 그 밤

- 싫어하나요, 우리 추억

- 우리 걸었던 그 거리를 지날 때면 생각나는 지난날

5. 핵심만 남겨볼까요.

- 내 사랑

- 내가 보낸 그대

- 싫은가요, 난

- 그 거리, 지난날 우리

그대 가슴에 춤추던 나비
비바람 속에 날개를 접고
기나긴 꿈에 잠들어가네

무지개 호수 외로운 뱃길
흰 은하수를 천천히 걸어
다다랐나요 꿈꾸던 그곳

오랜 시간 동안 날 지켜준
그대의 노래는 바람처럼
우리가 그리던 저 그림 속으로

<그림>

노래. 장필순

작사. 조동희

♪

세상 하나뿐인 나의 노래 만들어볼까요

♬

지금까지 우리는 아주 작은 목표를 향해 달려왔어요. 마치 목도리를 뜨는 것과 같은 과정이었을 거예요. 한 코, 한 코, 작사를 하기 위해 떠온 단들이 쌓여가면서 이제 예쁘게 완성할 일만 남았습니다. 제가 직접 뜬 목도리는 파는 것처럼 대단하지 않고 바람이 숭숭 들어올 만큼 허술하지만 목에 두르면 참 기쁘더라고요. 작은 목표를 이뤄낸 것이니까요. 지금부터 만들어볼 노래 또한 당신이 직접 쓴 가사와 당신의 이야기가 들어 있는 것이니 무척 뿌듯하고 소중할 거예요. 작은 목표를 이루러 가볼까요?

♩♪♬

TRACK
01.

내용만큼 중요한 형식, Song Form

노래의 형식을 '송폼Song Form'이라고 합니다. 소설에 '기-승-전-결'이 있는 것처럼 노래에도 질서가 필요한데요. 송폼이 노래의 지도가 되어, 내가 하고 싶은 말의 길을 잃지 않게 하지요. 송폼을 통해 노래의 각 부분은 역할과 테마를 부여받습니다.

송폼에 대해서 이야기하려면 어쩔 수 없이 음악 용어를 많이 말할 수밖에 없는데요. 지금부터 영어가 자주 등장할 예정이라 조금 헷갈릴 수도 있습니다. 그렇지만 이제 막 작사를 시작하는 당신이 헷갈리는 건 당연하다는 것을 꼭 기억해주길 바라며, 최대한 기본적인 송폼부터 알려드리겠습니다. 송폼을 알면 좋아하는 가수의 작업 세계를 엿볼 수 있고, 앞으로 듣는 노래 가사들도 조금은 달리 다가올 거예요. 꼭 전문 작사가가 되지 않더라도 가치가 있을 겁니다.

송폼의 가장 기본은 'A파트', 'B파트', 'C파트' 이렇게 세 가지 파트로 이루어져 있습니다. 이 세 파트를 반복, 변형하여 조합해 하나의 곡을 완성하게 되는 것이고요. 보통 여덟 마디마다 음의 구조가 바뀌는데요. 그 구조의 전환을 기준으로 파트를 나눕니다.

(A)	(B)	(C)	(A)	(B)	(C)	(D)
Verse 1	**Pre-chorus 1**	**Chorus 1**	**Verse 2**	**Pre-chorus 2**	**D-bridge**	**Chorus 2**

노래 한 곡의 기본 송폼

♪♬ A파트

A파트에는 주로 '벌스Verse'가 나옵니다. 벌스는 곡의 전개, 도입부를 의미합니다. 기승전결의 '기'에 해당한다고 볼 수 있겠네요. 벌스 가사에서 배경을 잘 깔아줘야 뒤에 후렴에서 주제 의식이 살아나요. 하고 싶은 말을

전부 담으려 하기보다, 하고 싶은 말을 차곡차곡 쌓아가는 단초라는 것에 초점을 맞춥니다. A파트는 노래의 첫 시작 파트이기 때문에 기본적으로 벌스로 시작하지만, 간혹 그렇지 않은 경우도 있어요. 어떤 노래들은 틀자마자 바로 후렴으로 시작하기도 하니까요. (물론 이런 상황은 극히 드물어요. 통상적으로 벌스로 시작하죠.)

♪♬ B파트

B파트에는 '프리코러스Pre-Chorus'가 나옵니다. 프리코러스라는 말을 잘 살펴보면 어떤 역할인지 바로 알 수 있어요. 말 그대로 코러스가 나오기 직전 부분이죠. 프리코러스는 전문용어로 '브릿지Bridge'라고도 부르는데, 이 또한 말 그대로입니다. 하고 싶은 이야기는 코러스에 두고 그 쪽으로 가기 위해 조금 더 다이내믹한 감정을 끌어올리는 '다리' 역할을 하죠.

A파트가 꼭 벌스로 시작하는 게 아니듯이, B파트 또한 반드시 프리코러스가 오는 것은 아니에요. 프리코러스가 없는 노래도 많죠. 예를 들어, 비틀즈의 <Yellow Submarine>처럼, 벌스와 코러스만으로도 충분하면 굳이 다리를 놓지 않기도 해요.

♪♬ C파트

노래의 정수가 녹아 있는 파트입니다. C파트에 '코러스chorus'가 나오는데요. 이 코러스가 바로 전문용어로는 '싸비', 대중들은 '후렴'이라고 부르는 부분이죠. 코러스는 곡의 주제가 집약된 구간으로, 앞에서 말씀드린 주제의식을 여기에서 잡아줘야 해요. 그래서 제목도 C파트에서 뽑히는 경우가 꽤 많고, 하고 싶은 이야기 또한 이곳에 가장 많이 들어 있어요.

♪♬ D파트, E파트

보통 송폼은 A, B, C 세 파트로 이루어져 있지만, 잠깐 다른 파트도 짚고 넘어가볼게요. 곡의 구조가 복잡한 경우 C파트로 끝나지 않고 D파트, 더 복잡하면 E파트까지 나오기도 합니다. 보통 마지막 코러스 앞에 D파트가 등장하는데요. 이때 D파트의 역할 또한 마지막 후렴구로 가기 위한 다리이므로, 'D브릿지D-bridge'라고 불러요. 여러 테마가 섞여 있는 곡들이 많이 나오면서 요즘 K-POP 곡에서 종종 볼 수 있게 되었습니다.

♪♬ A-B-C파트의 반복과 변형

앞으로 살펴볼 가사들은 전부 A-B-C로 파트를 나누어볼 텐데요. 각 파트가 한 번 더 반복될 때, 구분하기 위해 숫자를 붙여서 표시합니다. 첫 번째 A파트는 A1, 두 번째 A파트는 내용이 똑같으면 A1, 다르면 A2로 구분해요. 단순한 세 파트지만, 이 순서에 따라 다양한 구성을 만들 수 있죠. 예를 들어 어떤 곡은 'A1-A2-B-C' 구조이고, 어떤 곡은 'A1-B1-A2-B2-C' 구조가 될 수 있는 것처럼요. 이제 실제 노래를 가지고 더 쉽게 익혀볼게요. 노래를 들으며 파트를 나눠보세요.

착한사람 컴플렉스

노래. 윤도현 / 백아
작사. 조동희

(A1.)

자라나는 가시나무 가슴으로 안고
알 수 없는 질문들에 지쳐가는 너
괜찮아 그냥 내버려둬

(A2.)

무책임한 비난 무책임한 비교
잴 수 없는 슬픔으로 스러져만 가도
괜찮아 모두 지나가~

(B1.)

언제나 좋은사람
사소한 거절조차 쉽지 않아
언제나 웃지 언제나 숨지

(C1.)

별 뜻 없는 한마디에 상처를 되감고

의미 없는 그 표정에 의미를 찾는

그런 네게 꼭 말해주고 싶어

넌 정말 아름다운걸

(C2.)

착한사람 컴플렉스 누굴 위한 걸까

네 마음을 보여줘도 변할 건 없어

누가 말했지 이 세상은 네게

그다지 관심 없다고

- 간주 -

(A3.)

하지 못한 수많은 말 숱한 날들 속에

내가 없는 이런 느낌 행복하지 않아

이제는 그만 널 찾아가

(B2.)

오래된 마음의 병

모든 이에게 항상 사랑받는

완벽한 사람 세상엔 없지

(C1.)

별 뜻 없는 한마디에 상처를 되감고

의미 없는 그 표정에 의미를 찾는

그런 네게 꼭 말해주고 싶어

넌 정말 아름다운걸

(C2.)

착한사람 컴플렉스 누굴 위한 걸까

네 마음을 보여줘도 변할 건 없어

누가 말했지 이 세상은 네게

그다지 관심 없다고

(C1.)

별 뜻 없는 한마디에 상처를 되감고

의미 없는 그 표정에 의미를 찾는

그런 네게 꼭 말해주고 싶어

넌 정말 아름다운걸

(C2.)

착한사람 컴플렉스 누굴 위한 걸까

네 마음을 보여줘도 변할 건 없어

누가 말했지 이 세상은 네게

그다지 관심 없다고

송폼은 앞에서 소설의 기승전결과 비슷하다고 말씀드렸듯, 사실 구조가 익숙한 편이에요. 우리는 이미 수많은 소설을 알고 있습니다. 소설의 발단은 벌스가 되고, 전개는 프리코러스, 위기와 절정이 코러스, 브릿지에서 살짝 환기했다가 다시 코러스로 가서 결말을 맺죠. 보통 이 구조가 1절과 2절로 두 번 반복됩니다. (연작 소설 두 편을 이어서 읽는 것과 같으려나요!)

소설의 모든 부분이 절정일 수 없듯, 가사도 모든 부분이 후렴일 수 없습니다. 벌스와 브릿지 가사가 너무 강해서 코러스(후렴)가 묻히진 않는지 살펴보고 강약 조절을 하지요. 또한, 절과 절이 너무 비슷하지는 않은지 균형도 조절합니다. 1절과 2절이 똑같이 반복된다면 한 번 읽은 책을 의미 없이 다시 뒤적이는 것과 같을 거예요.

지금까지 제가 말씀드린 송폼의 정의와 성격은 이해를 위해 아주 기본적인 것만 간추린 것이지 다양하게 변형된 버전은 아닙니다. 그러니 혹 위의 규칙들이 가사를 제약한다고 생각하셨다면 부디 걱정 마세요. 우리는 송폼이라는 지도를 통해 더 멀리 나아갑니다. 오히려 당신이 무한히 쓸 수 있게 돕기 위해 송폼이 있습니다. 당신의 읽어왔던 그 수많은 소설들처럼요.

송폼을 분석해보세요.

A: Verse | B: Prechorus | C: Chorus | D: Bridge

나의 외로움이 널 부를 때

노래. 장필순
작사. 조동희

( )

널 위한 나의 마음이
이제는 조금씩
식어가고 있어

( )

하지만 잊진 않았지
수많은 겨울들
나를 감싸안던 너의 손을

( )

서늘한 바람이 불어올 때쯤에
또다시 살아나

( )

그늘진 너의 얼굴이
다시 내게 돌아올 수
없는 걸 알고 있지만

(　　)

가끔씩 오늘 같은 날
외로움이 널 부를 때
내 마음속에 조용히 찾아와줘

(　　)

널 위한 나의 기억이
이제는 조금씩
지워지고 있어

(　　)

하지만 잊진 않았지
힘겨운 어제를
나를 지켜주던 너의 가슴

(　　)

이렇게 내 맘이 서글퍼질 때면
또다시 살아나

(　　)

그늘진 너의 얼굴이
다시 내게 돌아올 수
없는 걸 알고 있지만

(　　)

가끔씩 오늘 같은 날
외로움이 날 부를 때
내 마음속에 조용히 찾아와줘

<나의 외로움이 널 부를 때>의 송폼은 다음과 같답니다. 'A1-A2-B1-C1-C2-A3-A4-B2-C1-C2'. 노래의 형식을 익히고 파트를 나누는 가장 좋은 방식은, 우선 내가 가장 좋아하는 가사를 가지고 해보는 거예요. 다음 페이지까지 원하는 곡의 가사를 쓰고, 송폼을 분석해보세요.

A: Verse | B: Prechorus | C: Chorus | D: Bridge

(   )

노래. (   )

작사. (   )

TRACK
02.

음절 훈련

앞서 가사를 쓸 때는 정해진 멜로디와 음절 수를 고려해야 된다는 말씀을 드렸어요. 버릴 것은 다 버려서, 더 이상 버릴 게 없는 상태가 되어야 한다는, ‘작사의 운명’에 대해서도 잠시 이야기했었죠. 지금부터 그 운명을 겸허히 받아들이고 송폼 속 음절을 분석하며 가사를 써볼 거예요. 음절이란, 발음할 때 한 번에 낼 수 있는 소리를 뜻합니다. “사랑”을 소리내어 읽어보면 “사”와 “랑” 두 개의 음절로 이루어진 걸 알 수 있습니다. 왜, 예능 프로그램 중 노래를 듣고 받아쓰기하는 프로그램이 있잖아요? 그때 이 노래가 몇 글자로 이루어져 있는지 칸을 세는 것처럼 음절의 수도 세어가며 파악하는 거예요.

이 작업을 '음절을 딴다'고 표현하기도 하는데요. 보통 작곡가가 데모 곡을 보내줄 때도 친절하게 악보까지 다 챙겨서 보내주지는 않아요. 건반으로 음절만 딱딱 찍어서 보내주거나 아니면 작곡가가 직접 음을 불러서 보내주기도 하지요. 그 언어의 음절 수를 작사가가 직접 따서 가사를 쓰기 시작합니다.

방금 송폼을 익혔던 <착한사람 컴플렉스>의 A파트 음절을 함께 따볼까요. 노래를 틀고 받아쓰기하듯 음절 자리마다 동그라미를 그려보는 거예요.

착한사람 컴플렉스

(A1.)

○○○○ ○○○○ ○○○○ ○○

○○○○ ○○○○ ○○○○ ○

○○○ ○○ ○○○○

(A2.)

○○○○ ○○ ○○○○ ○○

○○○○ ○○○○ ○○○○ ○○

○○○ ○○ ○○○○

자, 다시 앞으로 돌아가서 가사를 확인해보세요. 엄청 쉽죠? 사실 한글 가사는 어떻게 소리가 나는지 다 알기 때문에 음절 따기 훈련을 따로 할 필요가 없어요. (가이드의 음절을 따기 위해선 보통 영어 가사로 이루어진 노래로 음절 따는 법을 훈련하죠. 영어의 음절은 글자 수와 차이가 많이 나거든요.) 특이한 점은, 글자만 보면 A2파트 마지막 가사보다 동그라미가 하나 더 많다는 점일 거예요. 음절을 따는 게 마냥 쉽지는 않은 것이 바로 이 지점인데요. 우리는 두 글자지만 1음절로 발음하기도 하고, 반대로 한 글자를 2음절, 3음절까지 늘려서 부르기도 합니다. “지나가”는 쓸 때는 세 글자지만, 실제로 부를 때는 “지나가아” 하고 4음절로 발음하는 부분이지요. 제가 가사에 “지나가~”하고 물결 표시를 해둔 것도 괜히 그런 게 아니랍니다. 여기도 음절이 있어요, 소리내주세요, 하고 암묵적으로 표현한 것인데요. 음절을 의식하면서 다시 노래를 들어보면 바로 감이 올 거예요.

노래가 호떡이라면, 송폼은 밀가루 반죽이고 음절은 그 반죽 덩어리를 조금씩 떼어내는 작업입니다. 예쁘게 동글동글, 모양을 나누어 맛있는 가사를 만들어봅시다. 이제는 딴 음절에 가사를 집어넣으며 노릇노릇 부풀어 오르길 기다릴 시간이에요.

원하는 곡(팝송 또는 영어 가사로 이루어진 곡)을 틀어놓고 음절을 한 자 한 자 따서 여기에 써보세요. 동그라미나 문자로 표시해도 좋고, 음절마다 번호를 매겨도 좋아요.

(   )

노래. (   )

작사. (   )

TRACK
03.

발음, 발음, 발음

이 책을 읽으며 당신은 곡에 어떤 단어도 가져와 넣을 수 있는 훈련을 해봤습니다. 이제 본격적으로 가사로 써 내려가기 시작합니다. 좋아하는 가사도 떠올려보고 도서관도 가보고 편지도 써보죠. 그런데… 어째 가사가 매끄럽지 않게 느껴져요. 모든 구절이 다 멋지고 아름답고, 후렴도 내용을 잘 뽑았는데 왜일까 고개를 갸우뚱하죠. 여러 이유가 있겠지만 가장 큰 이유는 아직 가사에 발음 디자인이 없기 때문일 거예요.

저는 가사를 쓸 데모 곡이 생기면, 그 곡을 듣고 또 듣습니다. 밤새 귀에 이어폰을 꽂고 잠든 적도 얼마나 많은지 몰라요. 자고 일어나서 밥 먹을 때까지 계속 듣곤 해요. 그러다 보면 멜로디가 어떤 장면들을 보여주기도 하고 입에 잘 맞는 가사를 나도 모르게 중얼거리게 되기도 하지요. 또는 알다가도 모를 외계어나 아무 말을 흥얼흥얼 불러봅니다. 그때 찾아오는 발음과 뉘앙스가 아주 중요해요. 곡에 어울린다고 본능적으로 떠올린 것이거든요.

보통 작곡가가 보내주는 가이드 또한 이렇게 탄생하는 경우가 많아요. 가이드는 본 녹음에 들어가기 전 곡의 대략적인 느낌을 살려 부르는 보컬인데요. 보통 이 보컬은 작곡가가 직접 부르는데, 작사가와 가수에게 멜로디 라인과 가사의 음절 수를 확인시키는 용도이기 때문에 내용은 사실 크게 상관하지 않고 부릅니다. 듣는 사람은 물론 부르는 사람도 해석하지 못할 거예요. 영어인지 일어인지 아랍어인지 도무지 알 수 없는 언어로 가이드가 올 때가 대부분이죠. 그런데 희한하게도 그 가이드에 있는 발음이나 느낌이 진짜 가사에 그대로 사용될 때가 생각보다 많습니다. 말씀드린 것처럼 본능적으로 잡은 것이라 곡 자체의 느낌이나 발음의 뉘앙스가 조화롭기 때문입니다.

어떤 가이드는 같은 단어나 문장이 반복해서 들리기도 하는데요, 그 단어가 그 곡의 탄생에 중요하게 기여한 경우가 많기 때문에 최대한 살리려고 노력하는 편입니다. (곡의 성격에 따라 다릅니다만, 가이드에 "라라라~" 같은 흔한 흥얼거림이 많은 경우엔 저도 가이드에 구애받지 않고 작사하는 편이에요.) 가이드에 있는 느낌을 그대로 살릴 경우, 그에 맞는 앞뒤 내용을 만들어가는 기술, 그리고 그 단어와 비슷한 발음의 다른 단어를 찾아내 대체하는 센스 모두 필요합니다. 시간과 집중력 모두 쓰이는 작업이랍니다.

발음은 말의 맛을 살립니다. 아무리 가사 내용이 좋더라도 담아내는 그릇이 투박하면 입에서 겉돌아요. 반대로 발음을 예쁘게 디자인하면 맛있는 음식에 멋진 플레이팅까지 금상첨화가 되지요. 지금부터 발음 디자인을 같이 해볼게요.

♪♬ 라임을 맞춰요

발음을 가장 쉽게 이용하는 방법은 라임을 맞추는 것입니다. '라임'이란 일정한 자리에 비슷하거나 같은 음을 반복해서 리듬감을 주는 것을 뜻하는데요. 글자의 첫머리 또는 끝나는 부분에 라임을 맞춰보세요.

예로, 저는 <차가운 달>이라는 노래에서 문장이 끊어지는 부분마다 모음의 형태를 비슷하게 통일했어요.

"내 맘을 만져봐 가지진 마
이토록 가벼웁잖아
투명한 그 속을 들여다 봐
조금은 두려웁잖아"

<차가운 달>
노래. 조동희
작사. 조동희

'봐, 마, 아' 전부 입을 크게 벌리는 'ㅏ' 모음이 들어가죠. 이번엔 조금 더 길게 라임을 맞춰볼게요.

"우스워
I won't whose love
그래 아직 난 좀 두려운 걸
누군가를 또다시 잃게 되는 것
Lose love"

<Love Phobia>
노래. 온유
작사. 조동희

영어 가사를 발음하는 대로 쓰면 '후즈럽', '루즈럽'인데요. 앞부분도 자연스럽게 연결되도록 '우스워'라는 한글 가사를 넣어 발음을 디자인했습니다.

라임을 맞추면 노래가 한결 정돈되어 보이나 주의할 점이 있습니다. 너무 단순 반복적으로 사용하면 단조로울 수도 있다는 점이에요. 또한, 내용보다 라임이 우선시되는 건 지양합니다. 랩처럼 라임과 플로우가 무척 중요한 가사도 있지만, 그렇지 않은 노래도 있어요. 라임은 어디까지나 가사를 더 돋보이게 해주는 역할이지, 메시지를 가리지 않게 조심하세요!

♪♬ 고음에는 열린 발음

지금부터는 백 마디 말보다 한번 따라해보도록 해요. 당신이 낼 수 있는 아주 높은 음을 내보세요. 처음엔 "아"로, 두 번째엔 "우"로 불러봅니다. 아마 첫 번째 "아"로 불렀을 때 고음이 훨씬 편하게 올라가는 걸 느낄 수 있을 거예요. 입을 크게 벌리는 만큼, 소리도 쭉쭉 올라갑니다. 곡에서 고음이 사용되는 부분(보통 클라이맥스를 담당하고 있는 후렴이겠죠?)에서는 끝음절에 입을 크게 열 수 있는 열린 발음을 넣어보세요.

♪♬ 연결이 필요할 땐 부드러운 발음

같은 음, 같은 글자 수의 가사여도 발음에 따라 부르기 쉬워지기도, 어려워지기도 해요. 아주 부드럽게 흘러가는 발음을 사용하면 소리가 끊어지지 않고 자연스럽게 이어지는 효과가 있어요. 예를 들어 '이읏고'와 '이제야'를 각자 소리내어 발음해보세요. '이제야'가 훨씬 발음하기 쉬울 거예요.

♪♬ 귀에 꽂혀야 할 자리엔 강한 발음

반대로 귀에 때려 박는 가사가 필요할 때도 있죠. 보통 이 때려 박는 느낌을 업계 용어로 '댐핑'이라고 하는데요. 댐핑은 원래 스피커의 진동을 제어하는 앰프의 능력을 뜻하는 말인데, 사운드나 가창력이 단단하고 파워풀할 때도 이 말을 쓴답니다. 비트박스처럼 쿵쿵, 팡팡, 크게 치는 강렬한 소리가 귀에 여운을 주지요. 멜로디에 따라 툭툭 끊어지듯 노래해야 하는 부분은 특히 댐핑을 살릴 수 있도록 발음이 강하고 또렷한 단어를 많이 사용해요. 아이유의 <마음>은 "툭, 쿵, 축, 둥"같이 강한 발음을 아주 잘 활용한 노래입니다. 노래를 들으며 나라면 이 발음들 자리에 어떤 가사를 사용할지 고민해봐도 좋겠군요.

♪♬ 노래는 시로부터

발음들이 만드는 리듬감을 익히는 데에는 시를 읽는 것만한 게 없습니다. 시의 리듬과 속도를 즐기며 소리 내어 읽어보세요. 특히 우리나라의 시조나 한 줄도 길다는 일본의 짧은 시 '하이쿠'를 추천합니다. 리듬감뿐만 아니라 감정의 자제와 함축적 표현까지 같이 익힐 수 있죠. 하이쿠는 '5-7-5' 17자로 글자 수를 맞춰 써야 한다고 해요. 형식이 정해져 있다는 점에서 노래랑 비슷합니다. 하이쿠 형식에 맞춰 가사를 지어보는 연습을 해보아요.

○ ○ ○ ○ ○
1 2 3 4 5

○ ○ ○ ○ ○ ○ ○
1 2 3 4 5 6 7

○ ○ ○ ○ ○
1 2 3 4 5

어디까지나 발음을 디자인할 때 가장 좋은 것은 불러보는 것입니다. 직접 불러보면 입에 맴도는 부분도, 걸리는 부분도 빨리 찾아질 겁니다. 우리 그동안 쓰는 연습을 많이 했잖아요. 이제 많이 듣고 많이 불러보는 거예요!

TIP. 음절 사이 사이에는 띄어쓰기가 있는데요. 음절 수 맞추기에만 급급하다 보면, 정작 불렀을 때 박자감을 놓칠 수도 있어요. '아 기다리고 기다리던'이 '아기다리 고기다리던'이 되는 것처럼요. 노래의 박자를 생각하면서, 어디에서 띄어쓰기해 불러야 할지 고민해보세요. 완벽하게 띄어쓰기를 맞출 필요는 없습니다. 불렀을 때 어색하지만 않으면 괜찮아요.

TRACK
04.

개사부터 해봅시다

개사란, 아시다시피 기존에 있던 곡의 가사를 '바꿔 쓰는 것'입니다. 저는 이것을 기존에 있던 곡에 내 가사를 '맞춰보는 것'이라고 표현하는 것을 더 좋아해요. 단순하게 가사를 교체하는 것이 아니라 좀 더 적극적으로 내 작사 실력에 도움이 되는 방향으로 나아가는 느낌이 들거든요.

개사는 얼마든지 좋아하는 음악의 멜로디만 빌려와서 내 가사를 얹어볼 수 있잖아요. 내가 어떤 곡이든 선택할 수 있다는 기쁨을 마음껏 누리면서, 동시에 송폼과 음절 분석 훈련까지 가능하니 일석삼조 아닐까요!

다음은 개사를 시작할 때 추천하는 노래들입니다.

♪♬ 짧은 노래

음절 수가 많지 않은 노래부터 개사해보세요. 부담 없이 이야기를 전개할 수 있어 편할 거예요. 아예 짧은 동요부터 도전해봐도 좋고요!

♪♬ 구조가 단순한 노래

송폼이 단순하면 음절을 따기 수월해요. 단순한 만큼 반복되는 구간도 많기에 적은 가사로도 한 곡을 뚝딱 개사할 수 있죠.

♪♬ 좋아하는 노래

뭐니 뭐니 해도 좋아하는 노래를 개사하는 게 제일 재밌어요. 잘 아는 노래니까 따라 부르기도 좋고 감정을 살리기도 쉬울 거예요.

♪♬ 의미의 영향을 덜 받는 노래

기존 가사를 너무 잘 알고 있으면 원곡에서 벗어나기 힘들 수 있어요. 유명하지 않은 노래나 팝송처럼 가사의 영향으로부터 비교적 자유로운 노래를 추천합니다. 저는 작사 수업을 할 때면 수강생분들에게 제 신곡을 들려드리고, 그 노래를 함께 개사하곤 했어요. 신곡일 경우에도 기존 가사를 잘 모르니 보다 마음 가는 대로 가사를 써볼 수 있답니다.

LYRIC NOTE

개사 노트

이곳에 개사하고 싶은 노래 목록을 정리해두세요. 개사는 본격적으로 작사하기 전 워밍업으로도 좋습니다.

1. 짧은 노래

2. 구조가 단순한 노래

3. 좋아하는 노래

4. 의미의 영향을 덜 받는 노래

TRACK
05.

제목이 반

드디어 제목 정하기까지 왔습니다. 수고했어요! 제목은 가사만큼, 아니 어쩌면 가사보다 더 중요할 수도 있으니 고심해서 함께 정해보면 좋겠습니다. 제목에서 호기심을 끌어내지 않으면 노래를 듣고 싶지 않다고 생각하는 사람들도 많으니까요.

책이나 영화, 드라마도 비슷하죠. 혹은 가게나 브랜드의 이름도 그렇고요. 가수에 대한 특별한 믿음과 애정이 있는 경우를 제외하면, 우리는 제목을 보고 노래를 들을지 말지 결정합니다.

비슷한 예로, 노래를 '1분 미리 듣기'로 들었을 때,

그 뒤도 듣고 싶어질지 말지는 첫 소절에서 결정되는 경우가 많아요. 그래서 강력한 문장은 첫 소절에 두면 좋죠. 지금부터는 제목이라는 첫 단추를 잘 꿰어봅시다.

♪♬ 어떤 노래는 제목이 먼저 정해져요

가수 장필순과 정승환이 불렀던 <연대기>라는 곡이 그렇게 만들어진 곡이에요. <연대기> 작업을 할 때 승환 님과 대화를 자주 나눴습니다. 한번은 와인을 함께 마시며 질문을 주고 받았습니다. "사랑은 무엇이라고 생각하나요?"(정승환 님의 감사하고 멋진 점은 제게 질문을 계속해주었다는 것이에요. 이건 어떤 감정이에요? 이렇게 부르는 게 맞나요? 매번 물어봐주었지요.) 그러다 '연대기'라는 단어가 불쑥 튀어나왔습니다.

"사랑은 가로로 눕혀진 게 아니라, 책처럼 세로로 꽂혀 있는 것 같아. 연대기처럼 몇 년도의 나, 몇 년도의 나, 다 남아 있는 거지. 지나간 사랑도 사라지는 게 아니라 나의 연대기에 들어 있어서 과거에 꽂혀 있다가 가끔 꺼내보게 되는 게 아닐까. 그때의 나와 너는 거기 있고, 지금의 나는 여기 있고."

그날 밤 저는 연대기라는 제목의 사랑 노래를 떠올리며 알딸딸한 취중의 기억을 붙잡고 메모장에 기록했습니다. 그것이 <연대기>의 가사 초안이 되었어요.

"기억 속에 점을 찍듯 / 자리마다 남은 우리 사랑의 기록
멀리 반짝이는 너 / 그래 난 그게 좋아"

<연대기>
노래. 장필순 / 정승환
작사. 조동희

♪♬ 제목은 구체적일수록 좋아요

좋은 제목은 뻔하지 않습니다. 500개 중에 501개가 되는 제목은 들어보고 싶지 않을 거예요. 내용이 무엇인지 어느 정도 예상되는 제목에서 한 발짝 더 들어가 특정한 것을 불러오세요. 시간이나 장소도 좋고 (<여수 밤바다>, 버스커 버스커) 사람 이름도 가능해요. (<스잔>, 김승진)

♪♬ 가사에 제목이 있습니다

제목 또한 관찰에서 옵니다. 지금껏 가사를 쓰기

위해 다른 것을 관찰했다면 이제는 내가 쓴 가사를 잘 들여다보고 관찰해야지요. 가사의 기승전결을 살펴보세요. 내가 무얼 얘기하고 싶어 하는지, 이 파트는 어쩌다 쓰게 되었는지 분명 가사 속에 답이 있답니다. 주로 후렴에 강력한 제목이 들어 있으니 주시합니다. 가수 한영애의 <누구 없소>는 누구도 의심할 수 없는 펀치라인이 제목이 된 케이스죠.

♪♬ 아예 낯선 제목을 가져올 수도 있어요

잔나비의 <꿈과 힘과 책과 벽>이라는 노래 제목을 들어보셨나요? 꿈도 힘도 책도 벽도 다 쉬운 말인데 함께 붙어 있으니 굉장히 낯설게 느껴집니다. 르세라핌의 <이브, 프시케 그리고 푸른 수염의 아내>도 그렇습니다. 제목만 읽었을 때 노래 내용이 바로 유추되지는 않아요. 그래서 더욱 궁금해지죠. 이렇게 노래 내용의 모티브에서 착안하되, 가사에는 없는 제3의 제목을 써보세요. 물론 '궁금한 제목'과 '동떨어진 제목'은 다릅니다. 제목이 궁금해졌다면 내용이 그 해답을 주어야 해요. 가사를 읽는 순간 이 낯선 제목이 이해가 되어야 비로소 제목으로 성공입니다.

이쯤에서 제가 지은 제목도 말씀드리면 좋을 것 같네요. 장필순 11집 <페트리코>를 작사할 때, 우리가 평범하게 쓰지 않는 낯선 단어를 제목으로 정해보려 했습니다. 보신 것과 같이 '페트리코'가 되었고요. 비하인드를 잠시 말씀드리자면, 처음 멜로디를 받았을 때 그 선율이나 쓰인 악기의 소리가 빗방울 소리같이 들려왔어요. 당신도 비가 오기 직전이나 직후, 특유의 비 냄새를 맡아본 적 있을 거예요. 저는 그 질고 촉촉한 냄새를 좋아하는데요, 멜로디에 그 비 냄새도 함께 딸려온 듯했습니다.

그 후로 자료를 찾아보다가 제가 좋아하는 냄새에 대한 신조어가 생겼다는 것을 알게 되었어요. 이 비 냄새를 '페트리코Petrichor'라고 부른다고 하더라고요. 페트리코는 그리스어로 돌을 의미하는 '페트라Petra'와 신화 속 신들이 흘린 피를 뜻하는 '이코Ichor'라는 말을 합친 것인데, 비 자체에 냄새는 없지만 마른 땅이 젖으면서 어린 식물들이 뿜어내는 기름기의 화학 반응 때문에 페트리코가 나타난다고 해요.

노래 제목은 자연스럽게 <페트리코>가 되었고 이후 멜로디도 가사와 제목에 맞춰 빗방울 소리를 더욱 크게 넣는 방향으로 수정되었습니다. 대중에게 낯선 제목이었을 수 있겠지만, 다행히 내용과 잘 어울렸는지 앨범 전체 제목도 <페트리코>가 되었답니다.

"저 땅 밑에서 가만가만 / 먼 꿈의 얘기 들려올 때 / 촉촉한 비 내음 톡톡 창을 두드리면 / 꿈꾸는 아이는 멀리 여행을 떠난다"

<페트리코>

노래. 장필순

작사. 조동희

♪♬ 계절감을 살려보세요

노래 중에는 '시즌 송Season song'이라는 게 있습니다. 봄에는 버스커 버스커의 <벚꽃 엔딩>, 여름엔 듀스의 <여름 안에서>처럼 계절마다 흘러나오는 노래들이요. 만약 내 가사에도 특정 계절감이 잘 드러난다면, 그 계절을 이용해 제목을 지어보세요.

"기온이 툭 떨어졌대 두꺼운 장갑을 챙겨 / 어제 못 마친 일을 종일 해야 해 / 커피는 투 샷 겨울에도 난 늘 아이스 / 저기 길을 잃은 날 닮은 고양이 / 저 멀리 들려오네 잊혀져가는 캐럴 / 추억을 불러오는 작은 불빛도 어느새 돌아왔나 벌써 크리스마스 / 내게도 있었지 기다리던 그 밤 / 메리 크리스마스 모두 인사해도 / 내겐 그저 12월의 하루일 뿐"

<12월의 하루>

노래. 조동희(feat. 김창기)

작사. 조동희

제목을 정하는 일은 참 어렵습니다. 계속 쓰고, 꺼내고, 나열하고, 깨지다 보면 어느 순간 좋은 것을 가려낼 줄 아는 시기가 오지요. 어떤 사람에겐 그 시기가 빨리 오지만, 또 어떤 사람에겐 기다림이 더 필요할 수도 있어요. 차분히 기다리며 가사를 계속해서 쓰고 살펴보시길 바랍니다. 한 가지 당부를 드리고 싶은 건, 제목을 지을 땐 조금 더 용감하고 솔직해져도 된다는 거예요. 나를 드러내면 모난 부분도 보이겠지만, 인상을 남긴다는 건 그런 것 같아요. 조금은 모나야 하지 않을까요. 평범하게 닳지 못해 계속해서 당신을 건드리는, 가슴에 박히는 말들을 찾아보세요. 그 모난 데가 매력과 동의어임을 알기까지 그리 오래 걸리지 않을 겁니다.

그리고 무엇보다 제목이든 가사든 내가 재밌게 쓰는 것이 중요해요. 나의 이야기를 담은 노래이니, 제목도 내 마음에 들어야지요. 저는 제가 부른 노래 중 <행복한 사람>이라는 노래 제목을 좋아합니다. 가수는 제목 따라 간다는 오래된 설이 있습니다. 맹신하는 것은 아니지만, 신경이 쓰이기는 쓰였는지 이 얘기를 들은 이후로는 제목에 너무 부정적인 뉘앙스를 쓰지는 않으려고 합니다. 생각해보면 저도 <행복한 사람>이란 곡을 부르고 조금 더 행복해졌으니 일리가 있는 설 아닐까요. 당신도 당신을 행복하게 만드는 제목을 붙여주세요. 의외로 효능이 있을지도 모르겠어요!

"울고 있나요 당신은 울고 있나요
그러나 당신은 행복한 사람
아직도 남은 별 찾을 수 있는
그렇게 아름다운 두 눈이 있으니

외로운가요 당신은 외로운가요
그러나 당신은 행복한 사람
아직도 바람결 느낄 수 있는
그렇게 아름다운 그 마음 있으니

아직도 남은 별 찾을 수 있는
그렇게 아름다운 두 눈이 있으니
그렇게 아름다운 그 마음 있으니"

<행복한 사람>

노래. 조동희

작사. 조동진

쓰고 싶은 제목

당신의 삶을 가사로 쓴다면, 어떤 제목을 붙여주고 싶나요? 후보를 추려봅시다.

1. 제일 먼저 떠오른 제목

2. 후렴에서 뽑은 제목

3. 시간, 장소, 이름이 들어간 제목

4. 아예 낯선 제목

5. 계절감을 살린 제목

TRACK
06.

멜로디에 나의 가사 붙이기

시원섭섭한 마지막 시간입니다. 그동안 작사 수업은 재미있었나요? 마지막으로 함께 배운 것을 바탕으로 당신의 이야기를 진짜 노래로 만들어볼 차례입니다. 음원을 준비했으니 다운로드(207쪽 QR코드)하거나 재생해놓고 정해진 음절 안에 자신의 이야기를 담으면 됩니다. 멜로디는 하나지만 우리 모두 각자의 존재만큼 다양한 가사가 태어나 전혀 다른 곡이 완성될 거예요.

이렇게 만들어진 노래를 나 혼자 소중히 간직해도 좋고, 다른 사람들에게 들려주어도 좋겠습니다. 어쩌면 사랑하는 사람을 위해 선물 같은 노래를 만들어주어도 좋겠지요.

당신의 이야기, 당신의 쓴 가사를 저도 꼭 듣고 싶습니다. 한 시절 당신을 지배하고 휘몰아쳤던 마음은 과연 어떤 가사로 남게 될까요.

작사를 해보는 이 모든 과정이 당신에게 뜻깊은 시간으로 이어지길 바랍니다. 당신의 목소리와 당신의 언어를 사람들에게 들려주길 바랍니다. 그리고 무엇보다 당신 안에서 이 노래가 계속해서 불리고 울려 퍼진다면 참 좋겠습니다.

♪♬ 본 음원은 조동희 - <사슴꿈>의 MR로, 책『작사의 시대』를 위한 파일입니다. 개인 연습 용도 외의 상업적 이용은 불가합니다.

앞의 음원에 맞춰 가사를 씁니다. 비어 있는 가수와 작사가 칸에 당신의 이름을 새깁니다.

(　　　　　　　　　　　)

노래. (　　　　　)
작사. (　　　　　)

(A1.)　○○○○○○○○ ○
○ ○○○○○○○○○

(B1.)　○○○○○○○
○○○○○○○○○○○○

(A2.)　○ ○○○○○ ○○○
○○○○○○○○○

(B2.)　○○○○○○○
○○○○○○○

(C1.) ○○○○○○○○○○○○

○○○○○○○○○○○○○

○○○○○○○○○○○○

○○○ ○○○○○○○○○○

(A3.) ○○○○○○○○○

○○○○○○○○○

(B3.) ○○○○○○○

○○○○○○○

(C2.) ○○○○○○○○○○○○○

○○○○○○○○○○○○○

○○○○○○○○○○○○

○○○○○○○○○○○○○

♪♬저는 이런 가사를 붙였어요

사슴꿈

노래. 조동희
작사. 조동희

(A1.) 너에게서 여름 향이 나
그 언젠가 알던 사이 같아

(B1.) 사슴꿈을 꾸었지
하얀 뿔을 가진 그때부터일까

(A2.) 난 하늘을 나는 물고기
바닷속을 헤엄치는 새

(B2.) 땅속 깊이 피는 꽃
한겨울 느린 봄별

(C1.) 나란히 앉은 시간 초록의 구원

안전한 달빛 아래 그림자 없는 꿈

사탕을 모아두던 유리병처럼

나만의 소중한 너야 소중한 너야

(A3.) 먼지들 속의 먼지처럼

있는 듯 없는 듯 그렇게

(B3.) 지나치려 해봐도

넌 이미 너무 빛나

(C2.) 무지갯빛 바람이 내 발을 이끌 때

모든 게 괜찮다고 내 맘을 만져줘

담요처럼 포근한 사랑을 아는

나만의 소중한 너야 소중한 너야

♩ ♪ ♬

축하합니다!

이제 세상 하나뿐인 나의 노래가 만들어졌습니다.

앞으로도 계속 쓰고 노래해주세요.

♩ ♪ ♬

당신의 삶이 노래가 될 때

함께 만드는 노래를 좋아합니다. 얼마 전에는 제주의 초등학교 학생들이 동네를 관찰하고 보내준 감상으로 가사를 지었어요. 여성 뮤지션들이 엄마가 되며 겪은 경험과 마음들을 모아 앨범으로 낸 적도 있지요. 큰 부와 명예가 따라오는 일은 아니지만 저는 이런 프로젝트들이 참 좋습니다. 누군가의 삶이 가사가 되고 노래가 된다는 게요.

당신의 삶도 노래가 되길 바라며, 이 책을 썼습니다. 책을 쓰는 마음은 가사를 쓰는 마음과 다를 게 없었습니다. 당신에게 진심으로 말을 걸었고, 꼭 필요한 말만 남기려 했고, 그 과정에서 제 자신을 들여다보기도 했지요. 부디 당신의 가슴에 한 줄이라도 담긴다면 좋겠네요.

책을 덮으며 여러 고마운 얼굴들이 생각납니다. 제 수업에 참여해준 <작사의 시대> 1~10기 수강생분들, 그리고 특강을 통해 제게 작사를 배운 분들 모두 감사합니다. 한 분 한 분의 눈빛과 문장, 전부 소중히 기억나요.

수업을 진행하면서 정말 많은 분들이 변해가는 모습을 옆에서 지켜봤습니다. 꿈을 찾고 앨범을 낸 분도 있었고요. 그러나 사실 제일 많이 변한 사람은 제가 아닐까 싶습니다. 수강생들의 이야기를 들을 때마다 저는 가르치는 사람인 동시에 배우는 사람이 되었습니다. 덕분입니다.

책에 가사를 수록할 수 있게 흔쾌히 허락해준 잔나비 최정훈 님, 고맙습니다. 여전히 멋진 음악을 하고 있는 음악계 동료들과 선후배님들, 늘 응원하며 지켜봐주는 친구들, 가족들에게도 감사드려요. 이 책의 시작이자 끝인 이화령 편집자님께도 깊은 감사 전합니다.

그리고 누구보다, 이 책을 읽어주신 당신에게 감사합니다. 책에는 끝이 있어도 당신의 삶은 끝없이, 노래로 이어지기를 바랍니다.

당신의 삶에도 작사의 시대가 열리길 바라며,

조동희 드림

Editor's letter

놀라운 경험을 했습니다. 이 책을 읽고 나니까, 좋아하는 노래가 완전히 다르게 들리더라고요. 가사에 담긴 이야기가 머릿속에 펼쳐졌어요. 내가 이 노래 속 주인공이라면 어떤 말을 할 수 있을까? 나도 이런 적이 있다며 수십 번은 들었던 노래에 새삼 눈물이 나오더라고요. 무엇보다 내 안의 이야기도 꺼내보고 싶다는 마음이 생겼어요. 그냥 일기로 적고 마는 것이 아니라 노래로 표현할 수 있다고 생각하니 어쩐지 조금 더 용기가 납니다. 아무래도 저에게도 내 이야기를 노래로 만들 시간, 나만의 작사 시대가 열린 것 같네요♬ **현**

살면서 다양한 기록을 해봤지만, 목소리로 하는 기록은 또 처음입니다. 작사는 글을 잘 쓰는 사람들이, 타고난 사람들이 하는 것이라 생각했습니다. 라임도 잘 맞추고 제목도 잘 짓는 사람들이요. 그런데 작가님과 이야기를 나누면 나눌수록, 어쩌면 저도 가사를 써볼 수 있겠다는 희망이 생겼습니다. 흥이 많은 나, 평상시 말할 때도 음 붙이기를 좋아하는 나, 멋진 가사를 들으면 눈물을 흘리고 마는 나도 가사를 써볼 수 있지 않을까요? 이야기를 아름답게 남기는 일이 작사라면, 우리 모두의 이야기도 가사가 될 수 있지 않을까요? **령**

작사의 시대

1판 1쇄 발행일 2023년 10월 23일

지은이 조동희
발행인 김학원
발행처 (주)휴머니스트출판그룹
출판등록 제313-2007-000007호(2007년 1월 5일)
주소 (03991) 서울시 마포구 동교로23길 76(연남동)
전화 02-335-4422　**팩스** 02-334-3427
저자 · 독자 서비스 humanist@humanistbooks.com
홈페이지 www.humanistbooks.com
시리즈 인스타그램 instagram.com/_jabang
디자인 스튜디오 고민　**용지** 화인페이퍼　**인쇄** 삼조인쇄　**제본** 해피문화사

자기만의 방은 (주)휴머니스트출판그룹의 지식실용 브랜드입니다.

ISBN 979-11-7087-045-6 (03810)